蒙田论人生

[法]米歇尔·德·蒙田（著）

马振骋（译）

世纪出版集团 上海人民出版社

世纪出版集团 上海人民出版社

目录

论心灵的力量

　　心灵的功能有高尚的也有低下的，谁看不到这点，就不能对它有所认识。心灵平静时，或许对它观察得最清楚。情欲的风暴会吹着它向高处飘升。此外，它会专注在一件事上，全力以赴，从不会同时处理两件事。心灵处理事情不是根据事情本身，而是根据它自己本身。

　　事情可能都有它本身的重要性、尺度和条件。但是事情临到我们，心灵就会按照自己的意思去任意修饰。死亡对于西塞罗是可怕的，对于加图是可盼的，对于苏格拉底是无所谓的。健康、良心、权威、知识、财富、美以及与以上这些相反的东西，在进入心灵时都脱去了自己的衣衫，而接受心灵给予的新衣衫和它喜欢的花色：褐色的、绿色的、浅的、深的、刺目的、柔和的、深刻的、表面的。每个心灵都是各选各的，因为它们不是共同去检验它们的风格、规则和形式：各个心灵在自己的领土上都是王后。所以不要在事情的外在品质上找借口，责任在于我们本身。

心灵的激动是不是也会扰乱和挫伤心灵本身？心灵的力量在于灵活、尖锐、敏捷，然而是不是也因灵活、尖锐、敏捷而使心灵困扰，陷入疯狂？是不是最精微的智慧产生最精微的疯狂？犹如大爱之后产生大恨，健壮的人易患致命的病；因而，心灵激动愈少愈强烈，养成最出奇、最畸形的怪僻；旋踵之间就可以从一个状态转入另一个状态，从失去理性的人的行动中可以看出，用脑过度必然产生疯狂。谁不知道任凭思想放浪不羁疯疯癫癫，和严守德操一丝不苟臻于极点，这两者的区别几乎是不可察觉的，柏拉图说忧郁的人是最可塑造和最杰出的人，因而也是最易陷入疯狂的人。

　　多少英雄志士都是毁在他们自身的力量和聪明上。塔索是意大利最明事理、最聪敏的诗人之一，作品透剔晶莹，古意盎然，长期来其他诗人都难望其项背，就因为他天才横溢，思想活跃，最后成了疯子。毁了他的神志的这种敏思，使他失明的这种明白，使他失去理性的这种对理性的不差毫厘的理解，使他变得痴呆的这种对学问孜孜不倦的追求，使他既不用操练也不用思想的这种罕见的思想操练，这一切有什么值得他感激的呢？当我在弗拉拉看到他时，他萎靡不振，死气沉沉，既不知自己是谁，也认不出自己的作品，引起我的愤怒多于同情；他的作品未经修改也未加整理就出版，他虽看在眼里，已不知道出自何人之手。

人是会犯错误的，这一点至少让我们在改变看法时行为更加谨慎克制。我们应该记住，不管理解了什么，常会理解到一些错误的东西，同样都是通过这些时常会自相矛盾和迷误的心灵。

　　因为心灵稍一遇到变化便会左右摇摆，自相矛盾也就毫不奇怪了。我们的理解、判断和其他心灵功能都受到肉体行动和改变的影响，而肉体又是在不断行动和改变的。我们健康时不是比患病时精神更抖擞，记忆更清晰，言辞更生动吗？我们的灵魂接受事物，在欢欣愉快时和痛苦忧郁时，看到的面目不是也会不一样吗？您认为卡图鲁斯或萨福的诗句，在一个吝啬刻薄的老人读来，跟一名朝气蓬勃的青年感到同样愉快吗？阿纳克桑德里德斯国王的儿子克里昂米尼生病，他的朋友责备他脾气和想法跟平时不一样，他回答说："我想是不一样，因为我不是健康时的我，我换了一个人，我的脾气和想法也就不同了。"

　　肉体的激情对心灵会产生很大的震撼，但是心灵本身的激情会产生更大的震撼；心灵受制于自身的激情，有时甚至可以这样认为，没有心潮澎湃，心灵也静止不动，犹如海洋中的一艘船，无风也就不会颠簸。遵循逍遥派学说而这样主张的人，他不会过分责备我们,既然一致公认最美好的心灵活动来自激情的推动,或者需要激情的推动。他们还说,没有愤怒的参与不会有完美的勇敢。

我们在愤怒时打击坏人和敌人最厉害。说情人要引起法官的愤慨才会得到公正的判决。激情使地米斯托克利奋发;激情使德摩斯梯尼兴起;激情促使哲学家通宵达旦,四方讲学;激情鼓动我们去为荣誉、学说、健康做有益的工作。

苦难中灵魂表现的这种怯懦,可以在良心中产生悔罪和内疚,对上帝的惩罚和政治的压迫如对天灾那样敏感。同情促使我们宽仁,畏惧使我们清醒,遇事好自为之;多少好事是由野心促成的?多少是由自命不凡带来的?总之没有一桩大好美德不附带骚乱激动。因为上帝的恩惠是要激发情欲,打破宁静,才会在我们身上产生效应——情欲如同刺激和鼓励,鞭策心灵去采取符合美德的行动。伊壁鸠鲁派要上帝不要干预和关心人间琐事,这不也是其中理由之一吗?要不然就另有想法,把情欲看作是风暴,搅得心神不宁,难以为情。"没有一丝微风掀起波涛,海面就会平静如镜;同样,没有一点情欲搅动心灵,心灵也会如一潭死水。"(西塞罗)

有人说我们的利益应该寓于品德,有人说我们的利益寓于享乐,又有人说归于自然;有人说是学问,有人说是没有痛苦;有人说不要受表面的迷惑(这种说法仿佛跟老毕达哥拉斯的那种说法很接近,这也是皮浪派的目的)。

　　纽玛希厄斯,遇事不惊,

　　这几乎是唯一能够保持幸福的方法。

——贺拉斯

　　亚里士多德认为遇事不惊是灵魂高尚的表现。阿凯西劳斯认为判断有根有据,态度不屈不挠是好事,但是同意和实行则是罪恶和坏事。当他把这句话作为坚定不移的信条时,他背离了皮浪主义。皮浪派说至福在于不动心,不动心是判断的完全终止;他们不是作为积极的方式提到的,而是心灵平稳的摆动,使他们避过深渊,保持安详泰然,有了这样的心态,也就不会受其他的侵袭。

　　我们所以那么不耐烦去忍受疼痛,是不善于去发现心灵中的主要满足,对它没有足够的期待,其实它是我们处境和行为的唯一至高无上的主宰。身体只有一种状态和一种反应,除了程度上的不同。而心灵多姿多彩,变化无穷。身体上的感觉与其他一切外界事件,不论是什么样的,心灵感受后都会作出反应。然而必须对它探讨研究,激发它内在的强大活力。任何理智、规章和力量都不能牵制它的倾向与选择。它具备成千上万种感应,让它作出一种最有利于我们太平无事的感应,这样的话我们不但能够免受任何冲击,若适当的话还要欢迎,甚至鼓动冲击与痛苦。

佝偻的身材背不起重担,心灵也是如此。必须让心灵开朗飞扬才能顶住这个死敌的压力。因为心灵害怕时就永远不会安宁。一旦心灵安宁了,它就可以自豪地说焦虑、恐惧、甚至微不足道的烦恼不足以干扰它。这差不多超越了我们人类的处境。

　　心灵成了情欲与贪婪的主宰,匮乏、羞耻、贫困和其他一切厄运的主宰。谁能够就应去获得这种心灵优势。这才是至高无上的自由,给我们养成浩气去取笑武力与不公,嘲弄监牢与铁链:

　　　　我叫你戴上手铐脚镣,

　　　　交给一个恶吏看管,——神会来救我的。

　　　　——你是说:我会死的,以死来一了百了?

——贺拉斯

　　在我们的宗教中,人最可靠的基础就是蔑视生命。不光是理智的推理要我们这样去做:有一件东西失去后不可能后悔,我们又为什么害怕失去呢?还因为我们受到那么多死亡方式的威胁,害怕一切方式还不如忍受一种方式而少受些痛苦吗?

论待人处世

　　人与人相处是一项非常有用的学问。就像文雅与美丽,都有助于交际与熟悉的最初接触;从而向我们敞开大门,向其他人的楷模行为学习,若学到了有所启发和值得交流的东西,也可培养自己成为别人的楷模。

　　人际交往中最有趣的或许莫过于我们彼此为了争权夺利而较劲,有的体现在体力上,有的体现在智力上,这一切跟王权是无关的。事实上我经常觉得,对待君王过分尊敬,反而是对他们的怠慢与侮辱。因为在我的童年,有人跟我比武有意留一手,觉得若用全力我就不能做他们的对手,我就感到无比恼火。因为每个人都觉得自己不值得努力跟他们较量,这类事我们天天看到发生。如果谁见到他们对胜利多少有点追求,没有一个人不是设法让他们满足,宁可有损于自己的荣誉也不愿冒犯他们的尊严;大家都尽力去增添他们的光彩。每个人都捧着他们,他们在比武中又能做什么？

　　与人交往方面，我经常注意到这个缺陷，我们不去认识别人，而一心标榜自己，不思努力获取新知识而兜售自己的货色。沉默与谦虚是交谈中非常有用的品质。当这个孩子得到知识后，要教导他谦虚谨慎；有人在他面前说话不中听，听到不要怒形于色；因为抨击一切不合自己心意的东西，这是极不礼貌的讨厌行为。让他乐于自我改正，不要自己不愿做的事都怪别人，不要跟大众的习俗背道而驰。"做人聪明也可以不张扬，不傲慢。"（塞涅卡）

　　讨论让人学到东西，同时又锻炼口才。我若跟一位有主见的人和强手讨论问题，他就会不断出手，令我左右难以招架；他的想象力会刺激我的想象力，嫉妒心、荣誉感、凝神专志会催促我，推动我超越自己。在讨论中你唱我和意见一致，那是最没劲的。

　　由于我们的思想在跟俊彦人士切磋中得到磨炼提高，决不能说跟凡夫俗子日常不断的交往会使我们变得迟钝与衰退。这方面不存在传染与扩散。我从切身经验知道是怎么一回事。我喜欢思想交锋与讨论，但是这是跟少数人，是为了我自己。在权贵面前拿腔作势，唯恐不能卖弄自己的才学与三寸不烂之舌，我觉得一位有识之士是不屑这样去做的。

苏格拉底遇到有人对他的言论有不同意见，总是含笑接受，我们可以说这源自于他的自信力，最终优势总是在他那一边，他接受它们更增添一份他的光荣。但是从另一方面我们看到自视甚高与轻视对方最会使我们的感情变得脆弱，按理来说，弱者更愿意接受对方有利于他提高与改进的意见。

实际上，我有意多接近对我严厉的人，而少接近对我害怕的人。跟崇拜我们的人，和礼让我们的人打交道，谈不上乐趣，而且还是有害的。安提西尼告诫他的子女决不要感谢和宽恕对他们唱赞歌的人。在激烈的论战中，我被对方有力的道理所折服，也从而战胜了自己，我对这样的胜利非常自豪，远远超过我利用对方的弱点而把他战胜的喜悦。

有人抱住一句话、一个比喻不放；有人只沉浸在自己的思路中，再也感受不到人家反对他的是什么，他想到的是自己的想法，不是你的想法。有人感到自己底气不足，害怕一切、拒绝一切，一开始就语无伦次，或者争到激烈时赌气一声不出；虽然无知得可怜，还要装出高傲的蔑视或者傻乎乎的谦逊来逃避交锋。

这个人只顾到攻击，没有料想自己是多么暴露。那个人字斟句酌，满口都是道理。还有人发挥嗓音与肺活量的优势。这里有人作出自我否定的结论，那里有人用毫无意义的开场白与废话说得你晕头转向！有人纯然以辱骂为武器，平白无故找岔子吵架，来摆脱别人对他的紧逼，不敢与之来往。最后还有不讲道理的，但是用他一套教条与花言巧语把你困在辩证法的围墙内。

我每天跟自己讲道理，逐渐摆脱这种幼稚与非人性的做法：我们希望用自己的痛苦去博取朋友的同情与怜悯。我们夸大自己的不幸去赚取他们的眼泪。我们赞扬别人遭逢厄运时表现坚定，但是我们遭逢厄运时责怪亲友无动于衷。他们听了我们的不幸感到难过，我们对此不满足，还要他们伤心苦恼。开心的事应该与人共享，伤心的事尽量抹掉。没有理由要人可怜的人，有了理由也无人可怜。就因为无人可怜，就总是要人可怜，也经常可怜巴巴的，以致谁都不认为他可怜了。谁在活着时装死人，也易于在死去时被人看成活人。

我还见过有些人因为人家说他们容光焕发、气闲神定而勃然大怒，强制自己不笑是因为害怕暴露他们病体已愈，恨身体健康是因为这样就没人怜惜了。

对我来说，没有交流就没有任何乐趣。每次心里产生一个高兴的想法，若是一个人独自琢磨，找不到人共享，我就会闷闷不乐。"若有人给我智慧，又提出条件只许我一人独有，不可使别人得知，这样我会拒绝接受。"（塞涅卡）另一人说这话的调子更高。"假定一位智者生活在这样的环境，物质上应有尽有，可以自由自在沉思，从从容容学习一切值得了解的东西；即使有这样的条件，他若注定孤身独居，永远见不到别人，他宁可离开这样的生活。"（西塞罗）我同意阿契塔的看法，就是在天上没有人作伴，独自在巨大神圣的天体上散步，也是很无趣的。

但是独自一人还是比有个讨厌无味的人在身边要好些。亚里斯提卜喜欢到处独来独去。

　　如果命运允许我随心所欲生活……

　　　　　　　　　　　　　　　　——维吉尔

广泛接触世界，有助于对人性的判断，可以做到洞若观火。我们都自我封闭，目光短浅，只看到鼻子底下的东西。有人问苏格拉底从哪儿来。他不回答说："从雅典。"而是说："从世界。"他经天纬地，把宇宙看做是自己的城市，从全人类的角度来议论他的学问、他的交往与他的感情，不像我们只顾到自己的眼前。

处理人世事务的品德，是一种包容各层面曲曲折折观点的品德，在实施时要考虑到人性的弱点，它复杂和做作，不直率、明白和恒定，也不完全纯洁无辜。

人走进人群中央，应该迂回前进，夹紧胳膊，有时后退有时前进，根据遇到的事甚至还要离开正道；他必须更多按他人而不是按自己的意志生活；不是按自己的建议，而是按人家的建议，按时间，按各人，按事情而处世。

柏拉图说谁清清白白逃出世事的操纵，真是靠神迹才会脱身。他还说，当他主张用他的哲学家来充当政府首脑，他说的不是像雅典政府这样腐败的政府，更不是我们的政府，在那里智慧毫无用武之地。犹如把一种草移植到完全不符合条件的土壤里，能做到的是草适应土壤，不是土壤适应草。

每件事物都有不同的特点与境况，要看清和选择其中最有利的去做实在无能为力，这就使我们举棋不定和手足无措。当一切考虑都对我们不合适时，最可靠的方法以我来看，是采取最诚实与最正义的做法;既然看不清最短的路,永远走最直的路。

世上很少事情我们能够给予一个诚心诚意的判断,因为世上很少事情我们不多多少少掺有个人利益。地位的优势与劣势,控制与受制,都必然挑起天性的嫉妒与抗争;它们永远在你死我活地争夺。我不相信这两者谁对谁更有权利;让理智来说话吧;当我们无法定案时,理智是铁面无私的。

论无知

　　世上许多弊端，或者说得更大胆，世上所有弊端的产生都在于我们害怕暴露自己的无知，我们被迫接受自己无法驳斥的事。我们谈到一切事物都对照教条和禁令。在罗马法庭的文件里，就是证人亲眼目睹的事情，法官根据确凿无疑的案情作出的判决，也是以这样的形式拟文："我认为"。有人非要把可能的事说成确定的事，就会使我对可能的事也不想听。我喜欢这些字眼："也许"、"在某种情况下"、"据说"、"我认为"诸如此类缓和语气、减轻唐突的话。

　　我若教育孩子，就会让他们养成这样回答的习惯，不是决定式的，而是询问式的："这什么意思？我不明白。可能是这样。真有这回事吗？"宁可他们六十岁时还保持学徒的模样，不要十岁时装出博学之士的派头，像他们现在这样。谁要治愈无知，先要承认无知。彩虹女神伊里斯是奇术师陶玛斯的女儿。惊异是一切哲学的根本，探索是进步的基础，无知则是死胡同。从中也可看出，有一种强烈探索愿望的无知，在荣誉与勇气方面决不输于追求学问，理解这样的无知并不比理解学问更少学问。

好奇是人与生俱来的一个先天性缺点。增进智慧和提高学问，是人类的最初堕落；沿着这条道路跌入万劫不复的地狱。骄傲使人失足，使人腐化，骄傲使人脱离众人走的道路，使他标新立异，使他要当领袖，带领一批迷途的乌合之众，走向沉沦；宁可当满口胡言和谎言的头目，不愿做真理学校的弟子，由别人携着手领上一条光明大道。这可能就是这句希腊古诗的含义：迷信跟随骄傲，对它敬重若父。（苏格拉底）

哦，骄傲！你太妨碍我们了！自从苏格拉底听说智慧之神赠给他智者的称号，他十分惊讶；他苦思冥想，也找不到这句神圣判决的根据在哪儿。他认识有的人跟他一样正直、节制、勇敢、博学，有的人比他更雄辩、更高尚、更有益于国家。他最后得出结论，他只是不自以为是，才与众人不同，才成为智者；他的上帝认为人最突出的愚蠢是认为自己有学问有智慧，他的学说是推崇无知的学说，他最大的智慧是纯朴。

我们与生俱来的无知，经过我们长期的探索，得到了肯定和证明。真正有知识的人的成长过程，就像麦穗的成长过程：麦穗空的时候，麦子长得很快，麦穗骄傲地高高昂起；但是，当麦穗成熟饱满时，它们开始谦虚，垂下麦芒。同样的，人经过一切尝试和探索后，在一大堆洋洋洒洒的学问知识中，找不到一点扎实有分量的东西,发现的只是过眼烟云,也就不再自高自大,老老实实承认人的天然地位。

希腊七贤之一佩雷西德斯临死前写信给泰勒斯:"我嘱咐家里人在把我埋葬以后,把我的著作带给你;如果你和其他贤人读了高兴,就把它们出版,否则就销毁它们;里面没有一条信念是我自己感到满意的,所以我不能宣称我懂得真理和达到真理。我只是提到这些问题,不是发现这些问题。"

从前那位最智慧的人①,当有人问他知道什么,他回答说他知道的只有这件事,就是他什么都不知道。他还证实有人说的下面这句话是对的:我们知道的东西再多,也是占我们不知道的东西中极小的一部分;这就是说,我们以为有的知识,跟我们的无知相比,仅是沧海一粟。

柏拉图说,我们知道的东西是虚的,我们不知道的东西是实的。

> 几乎所有的古人都说,我们不可能认识什么,理解什么,知道什么;
> 我们的感觉是有限的,我们的智力是弱的,我们的人生又太短了。
> ——西塞罗

贤人藐视苦难,控制苦难;其他人对苦难浑然不知;后者可以说是面对坎坷,前者是背向坎坷;前者对坎坷仔细斟酌掂量,作出如实的调查与判断,然后鼓足勇气一跃而过。

他们没把不幸放在眼里,而把它踩在脚下,因为他们有一颗坚毅刚强的心灵,命运之箭打在上面,必然会反弹和磨去锋芒,造成不了伤害。中庸的人处在这两个极端之间,看到苦难,感觉苦难,但忍受不了苦难。童年与老年在头脑简单方面是一致的;吝啬与挥霍都是出于多多益善的欲望。

也许可从表面上来说,在未获得知识以前有一种愚昧型的无知,在获得知识以后有一种知识型的无知。知识会产生和造成后一种无知,同样也会瓦解和消除后一种无知。

知道自己无知,判断自己无知,谴责自己无知,这不是完全的无知;完全的无知,是不知道自己无知的无知。因而皮浪派②宣扬的是犹豫、怀疑和探询,什么都不肯定,什么都不保证。心灵的三个功能:想象、欲望和同意。他们授受前两种功能;最后一种功能,他们让它处于模棱两可的状态,不对任何一边表示哪怕是一点点的偏向和倾斜。

① 指苏格拉底。
② 古希腊不可论怀疑主义学派。

论自我认知与反省

有人责怪大家对未来事物总是充满向往，告诫我们要抓住眼前的财富，安心享用，因为我们对未来毫无把握，甚至比对过去更加无可奈何。大自然促动我们继续去做它未竟的事，在我们心灵上随同其他假象还印上了行动重于认知的假象，他们若敢称这为谬误的话，那么这些人点破了人类最普遍的谬误。我们从不安于现状，我们永远要超越自身。恐惧、欲望、期待都使我们朝向有待发生的事，败坏我们对现状的想法与重视，而对未来甚至我们已不存在时的事物忙碌不已。"担忧未来的人真可悲。"（塞涅卡）

"做自己的事，懂自己的心"，这句重要的箴言往往归之于柏拉图；上下两句一般来说各自包含我们的责任，又好像相互依存。谁要做自己的事，必须看到他第一件要学的事是认识自己是什么样的人，什么是他该做的事。人认识了自己，不会把外界的事揽在自己身上；自爱其人，自修其身，是头等大事；不做多余的事，排斥无益的想法与建议。"愚者即使得到他所期望的东西还心犹未甘，而智者有了什么会心满意足，决不再去自寻烦恼。"（西塞罗）

判断在我心里占据了宝座，至少它战战兢兢地往上坐。它放任我的种种欲望自行其是，还有憎恨与友谊，甚至我对自己的偏爱，但决不让自己受影响与腐蚀。它若不能按照本意去改进其他情感，至少不让其他情感来败坏它。判断完全是自主进行的。

提醒大家认识自己，这应该是意义重大的事，既然知识与光亮之神阿波罗把这句话刻在他的神庙的门楣上，好像包含了他对我们的一切忠告①。柏拉图也说智慧无非是去实现这条训诫。在色诺芬的作品中苏格拉底对此详加说明。

每门知识的困难与晦涩之处，只有进入堂奥的人才能窥知。而且还要有一定的聪明，知道自己毕竟是无知的，要推门才知道门对我们是关闭的。于是产生这句柏拉图妙言：知者不用探索，因为他已知；不知者也不会探索，因为要探索必须知道探索什么。然而在认识自己这个问题上，人人都那么自信和洋洋得意，人人都自忖理解得足够深刻，这说明没有人真正懂得。在色诺芬的作品中苏格拉底就是这样告诫欧提德莫斯的。

人认识不到自己精神上的天然疾病，他一味东张西望，到处寻求，不停地在原地旋转，陷在工作中不得脱身，像我们的春蚕作茧自缚，窒息而死。"老鼠跌进了松脂堆。"（拉丁谚语）他以为远远看到了不知什么光明迹象与理想真理;但是当他往前跑去,许多困难一路上阻碍他去进行新的追求,致使他迷路和发昏。这跟伊索的狗也相差无几;它们看到海面上漂浮着像个尸体的东西,走近不了,企图喝干海水留出一条道来,把自己都咽死了。无独有偶,某位克拉底说到赫拉克利特的著作:"读这样的作品要善于泅水",这样他的学说的深度与广度才不致把他淹死在水底。

绳子是用来套牛的,我们听到圣人,还有哲学家和神学家高谈阔论,他们决不用绳子来约束自己。虽然我谈不上是哪一种人,我也不需要绳子。他们现在没有写到自己,至少时机一到,他们决不会犹豫在大庭广众面前亮相。苏格拉底谈什么比谈自己还多?他指导他的学生谈什么比谈他们自己还多?他们谈的不是他们书本中的内容,而是他们灵魂的实质和骚动。我们虔诚地向上帝、向忏悔师谈论自己,而我们的邻居新教徒则向全体教徒谈论自己。但是有人会回答我说,我们谈的只是自己做的错事。我们则什么都谈:因为我们的美德也有缺陷,也需要忏悔。

戒除自恋恶习的最好药方是反其道而行之,就是不但不谈论自己，进而更要不想到自己。骄傲存在于思维之中，语言只起了很小一部分作用。他们认为独自过日子是自我欣赏，自思自量更是一种自恋行为。这话或许不错。但是这只是一些对自己不甚深究的人，事后聪明的人，靠幻想和懒散而满足的人，自我膨胀和向往空中楼阁的人；总之是把自己看作不同于自己的第三者，这样的人才会产生这种自恋行为。

　　谁自我陶醉，贬低别人，那请他转过眼睛朝向过去的世纪，看到历史上可以把他踩在脚下的英雄豪杰何止成千上万，他会自愧不如。他若自以为英勇无比，让他阅读两位西庇阿的传记，还有那些军队和民族的历史，远远把他抛在后面。没有什么单一的品质可使人踌躇满志，他必须同时记得自身还藏有许多弱点和缺陷，最后还有不要忘记人生的虚妄性。

　　不论什么情境下，我们总是跟好的去攀比，眼睛朝上面看。我们应该跟差的比，哪一个倒霉蛋也能找到千百个例子可以聊以自慰的。我们总是看不得人家超过自己，而喜欢人家落在后面，这是一个恶行。梭伦说，"若有人把坏事都堆一起，人人都会过来把他自己的坏事取走，不会跟其他人合情合理探讨这些坏事，担当自己的责任。"

知道光明正大地享受自己的存在，这是神圣一般的绝对完美。我们寻求其他的处境，是因为不会利用自身的处境。我们要走出自己，是因为不知道自身的潜能。我们踩在高跷上也是徒然，因为高跷也要依靠我们的腿脚去走路的。即使世上最高的宝座，我们也是只坐在自己的屁股上。

普罗塔哥拉给我们说过这样的妙语，人从来不知道衡量自己，却会衡量一切。如果人不能衡量自己，他的自尊心也不允许其他创造物有这份能力。人本身那么充满矛盾，一个人有了想法后不断地会有人进行驳斥，这种兴高采烈的讨论仅是一场闹剧，不得不使我们得出这样的结论：衡量标准与衡量者都是虚无的。

当泰勒斯认为人要认识人是很难的时候，他是在告诉人要认识其他东西也是不可能的。

虚荣包含两个部分：视自己过高和视他人过低。

说到第一部分，我觉得首先必须考虑这样的前提，我总是感到心灵的迷失，这种压力使我不愉快，因为说不出理由也就更加令我烦躁。我尝试改掉它，但是无法根除。这就使得东西到了我手里，我就会贬低到手的东西的价值；东西不在我手里，不在我眼前或者不是我的，那时我会抬高它的价值。这种心态流传很广。犹如权威思想的作祟,使丈夫对自己的妻子,许多父亲对自己的孩子带着恶意的轻视;我何尝不是这样,同样两部作品,我总是对自己的作品吹毛求疵。

这不是急于求全求好,妨碍了判断力,使我对自己感到不满意,就像占有使人不重视自己掌握与支配的东西。远方国家的风俗、制度吸引我;语言也是这样,我发现拉丁语由于严谨而令我入迷,超过应有的程度,使我犹如孩子和庸人。邻居的财产管理、房屋与马匹,尽管价值相同,在我看来也胜过我的,因为这些不属于我。尤其我对自己的家庭状况一无所知。

我欣赏每个人对自己抱有的信心与期望,而我对事情几乎总是不知道如何去做,也不敢回答说自己会做。我对自己的能力也没有作过系统的估计,只是在事情做成后才有点明白。同样怀疑自己是否还能做其他事。从而遇上我工作进行顺利,会认为是我的运气好多于我的能力强。尤其我在计划时全凭偶然,还提心吊胆。

人性中这点颇为普遍,外来的事比自己的事更引起我们兴趣,喜欢流动与变化。

> 时间在奔驰中更换马匹,
> 才让白日叫我们喜欢。

——佩特罗尼乌斯

我也有此意。有人走另一个极端，自得其乐，认为自己有的东西比什么都好，自己见到的东西比什么都美丽，他们若不比我们更有见识，实际上也比我们更幸福。我不羡慕他们的聪明，但眼红他们的好运。

　　从来没有一个破门而入的盗贼或弱不禁风的女子，不认为自己善于应付。我们轻易承认别人勇敢，强壮，有经验，有才能，长得美，但是决不会说哪个人判断力比自己强。别人提出合情合理的见解，我们总觉得自己朝这方面去注意也不会提不出来。学识、文笔、其他种种，出现在其他人的作品中，若超过我们必然心有感触。但是智力思考，每个人都认为自己心里也经常闪过类似的念头，很难辨别出其中的分量与困难，除非是差距很大和不可比拟的时候——即使这样也不易区分。因而我并不对这种操劳给予多大的期望与赞扬，这不是可以沽名钓誉的一种伎俩。

　　常言道，大自然赐给我们的资质，最公平的是良知，因为没有人对大自然给他的那份良知会不满意。这不是说明问题了吗？谁看得超出自己的视线，才算是看得远。我认为我的意思正确有理，但谁不认为自己的意见正确有理呢？不过我可以对此提供一个最好的证据，这就是我对自己的评价不高。因为这些证据若不确定无疑，立刻会被我对自己的偏爱所糊弄，就像一个人把一切感情都放在自己身上，而不会分散在别人身上。其他人把感情分散在数不清的知亲好友身上，分散在自己的功名

富贵问题上，而我全放在自己和自己的精神安宁上。若有分散到其他方向的，那决不是按我的理智有意安排的，

学习自主生活之道。

——卢克莱修

我对自己的不足提出的看法，我觉得都是极为大胆与一贯的。确实，这也是我培养自己的判断力所使用的论题中的一个论题。人总是相互对视，而我把视角对准自己，执著好奇。每个人都看自己的前面，而我看自己的里面，我以我为对象，不停地注视；我自我监控，自我体验。其他人就是想到也总是往别处去；他们总是向前去，

没有人试图深入自己内心。

——柏修斯

而我在自己的内心转悠。

真理劝说我们躲开人间的哲学，谆谆教导我们说我们的智慧对神来说却是愚拙；所有的虚荣中最虚荣的是人；人以为自己知道什么，按他所当知道的，他仍是不知道。人若无有，自己还以为有，就是自欺；这是在劝说我们什么？圣灵的这些话非常明

白生动地表达了我要说的话,我不需要其他论点来驳斥他们,他们必然会顺从谦卑地接受他的权威。但是这些人只愿意自我鞭挞,不愿意别人用理智来清算他们的理智。

让我们这时想一想孤独的人,没有外援,赤手空拳,得不到上帝的圣恩和眷顾,因而也没有形成他本身的尊严、力量和基础。让我们看一看他这副模样能够存在多久。人引经据典地要我理解,人觉得自己大大胜过其他创造物是多么有根有据。然而是谁说服他相信,一望无际的美丽天空,终年流转不息的日月星辰,无垠海洋的惊涛骇浪,从开天辟地以来是为了人类的便利和福祉而存在的?这个可怜脆弱的创造物,连自己都不能掌握,受万物的侵犯朝不保夕,却把自己说成是他既没有能力认识、更没有能力统率其一小部分的宇宙的主宰,还有比这个更可笑的狂想吗?人还自称在茫茫太空中唯有他独一无二,唯有他领会宇宙万物的美,唯有他可以向创造主表示感恩,计算大地的得失,这又是谁给了他这个特权?请他向我们出示这份光荣显赫的诏书吧。

因为野心可以让人学到勇敢、节制、自由甚至正义;因为贪婪也可使躲在阴暗角落偷懒的小学徒奋发图强,背井离乡,在人生小船上听任风吹浪打,学得小心谨慎;就是爱情也可以给求学的少年决心和勇气,给母亲膝下的少女一颗坚强的心,

"少女受维纳斯指引,偷偷穿过熟睡的看守中间,

单独进入黑暗寻找那个青年。"

——提布卢斯

只从表面行为来判断我们自己,不是聪明慎重的做法;应该探测内心深处,检查是哪些弹簧引起反弹的;但这是一件高深莫测的工作,我希望尝试的人愈少愈好。

看别人而不看自己,这种普遍的看法与做法倒成全了我们好办事。这是个处处看不顺眼的东西;我们看到自己身上的只是卑微与虚妄。为了不让我们垂头丧气,大自然很有道理地转动我们的目光朝外看。我们顺着水势往前淌,但是转过身逆水而行,这个行动很艰难。海水回流时就混浊汹涌。

每个人都会说:"看天空怎么变化的,看看大家,这个人在吵架,那个人脉搏怎么样,另一个遗嘱里写些什么,总之,总是上下去看,左右去看,前后去看。"

从前,德尔斐神庙的神给我们留下这条有悖常理的告诫:"你要扪心自问,认清自己,专注自己;心思与意志若用在别处,把它们拉回来;你的时光在流失,你的精力在分散,你要聚精会神,你要挺起身子。人家在背叛你,在消耗你,在偷窃你。这个世界垂下眼睛是看自己的内心,张开眼睛是凝视自己的外表,你没看到吗?对你来说,里与外都是虚妄,但是虚妄愈少扩大,也就愈少虚妄。"——神还说:"人啊,除了你天下万物都是首先审视自己,然后根据自身的需要界定它的工作与欲望。没有一物像你那么空虚与渴求,要去拥抱整个宇宙;你是个无知的暗探,没有司法权的法官,闹剧的小丑。"

世上大多数规则与箴言都借这样的人生态度，把我们赶到了门外，进入广场论坛，为大众谋利益。他们想到作出极大努力让我们脱离自己，放弃自己，并称我们过分依恋自己是出于一种天然的束缚，不惜说什么也要达到这个目的。贤人不按事物的实际，而按事物的实用来说教，这不是什么新鲜事儿。

　　真理对我们自有妨碍、不便和格格不入的地方。经常需要受骗才使我们不自骗，需要蒙住我们的眼睛、塞住我们的耳朵才能锻炼和改进视力与听力。"无知者当法官，就需要经常上当才不会判决荒唐。"（昆体良）当他们要求我们去爱我们前面三、四、五十度的东西，他们提出了弓箭手的技艺，弓箭手要射中目标，必须瞄准靶子的上方。木材也是矫枉过正才会平直。

　　我们必须记得，没有任何东西比本族的本质东西更宝贵更值得重视了（狮子、老鹰、鲸鱼就因为是狮子、老鹰、鲸鱼而受人赏识）；把其他东西的品质跟自己的品质相比，是贬低了品质；我们对品质可以增加和减少，仅此而已，我们的想象力无法超越这个关系和这项原则，也无法创造其他东西，想象力摆脱这些，穿透这些是不可能的。古人就得出了这样的结论：在所有形体中，人的形体最美；上帝必须也是生成这个模样。人要幸福不可能没有美德，美德不可能没有理智，理智只可能存在于人体内，因而也要赋予上帝一个人体。

"我们思维的习惯和成见是那么顽固，我们想到上帝，不可能不把他想成了人的模样。"（西塞罗）

于是色诺芬开玩笑说，如果动物会创造神，它们也用自己的模样来创造神的形象，还像我们这样引以为荣，这是很可能的。为什么一头小鹅不能这样说："宇宙万物都瞧着我；地球是给我走路的，太阳是给我照亮的，星星是给我传送感应的；风给我这样的方便，水给我那样的方便；天底下就数我过得最美，我是大自然的宠儿，人要给我吃，给我住，还要侍候我，不是吗？他们为了我种麦子，磨麦子；他们吃我；那算什么，他们不是还吃自己的同伴么，就像我也吃蛆虫，而蛆虫又杀死他们，吃他们。"鹤也可以说这样的话，况且它们还更了不起，还有展翅凌空、翱翔云天的自由。"自然是多么正直宽容，万物在其中相亲相爱！"（西塞罗）

因而，这样说来，命运是为我们安排的，世界是为我们创造的；光明和雷电也是为我们而有的；创造主和创造物，一切都是为我们的。这是宇宙万物的目标和焦点。

人的认识就是如此，手中的事跟星空上的事对他同样遥远，甚至更加遥远。柏拉图提到苏格拉底时说，哪个研究哲学的人，都可以像泰勒斯那样挨姑娘的责骂；他看不到他眼前的东西。因为哪个哲学家都不知道他的邻居在干什么，他自己在干什么，也不知道他们俩是什么，是兽还是人。

一生以荣誉与名望为目的的人，若戴了一副面具混迹人间，不让大众见到他的真面目，那他想获得什么呢？夸奖一个驼背身材好，他听了必然认为是侮辱。你若是个懦夫，被人当做勇士，大家说的是你吗？那是把你当成另一个人了。我还觉得有趣的是那个人见到人家向他举帽致礼，以为自己是什么头儿，其实他只是个卑微的随从而已。

马其顿国王阿基劳乌斯走在街上，有人向他身上泼水，随从说他该罚，国王说："不过，他没有向我泼水，他是在向他认为我是的那个人泼水。"有人对苏格拉底说有人说了他坏话，他说："不会吧，我没有他们所说的缺点。"就我来说，谁若说我是好船员，谦逊有礼，不近女色，我是不会领情的。同样说我是叛徒、小偷或酒鬼，我也不感到冒犯。没有自知之明，才会被虚假的好话陶醉；而我不会，我对自己的心灵深处有深刻的了解，知道什么是自己有的。我喜欢人家对我少赞扬，只求对我多了解。人家会认为我在某种需要明智的情况下表现很明智，而我自己觉得那时很傻。

人的智慧永远让人达不到智慧所规定的种种义务；人若达到了，智慧又会提出其他更进一层的义务，它总是在想、在出主意，因为人的天性仇视一致性。人一安排自己就必然出错，他不会精明得按照不同于自己的理性去给自己确定义务。这个不要指望有人会去做的义务，他在给谁规定呢？不去做他不可能做到的事，他就不对了吗？这些因我们没做到要定罪的法律，本身就在谴责我们是没有能力做到的。

最糟的是行动是一回事，说话是另一回事，这种言行不一致的畸形自由对于只是以事论事的人是两可的，但是对于像我这样扪心自问的人就不是两可的了。我应该用笔像用双脚，人生道路走到哪里写到哪里。在社会上生活跟其他人的生活是有关联的。

目前，我们承认大自然赐给动物的天赋要远远超过我们。而我们却授给自己一些空想和虚无缥缈的长处，未来和不存在的好处，这些都是人的能力没法回答的，或者是我们信口开河自创的，如理智、知识和荣誉；而我们给动物的长处却是主要的，可以触摸的：和平、悠闲、安全、无辜和健康；我要说的是健康才是大自然赐给我们最美、最丰富的礼物。

因而斯多葛派哲学敢于说这样的话，患水肿病的赫拉克利特和满身长虱子的费雷西德斯，若懂得用他们的智慧去交换健康，做成这笔交易，那他们才算是做对了。还有，他们把智慧只与健康相比，虽认为智慧更为重要，那也比他们作出的任何论断都要聪明。据说喀耳刻向尤利西斯建议两杯饮料，一杯可使疯人变成聪明人，一杯可使聪明人变成疯人；尤利西斯宁可接受发疯，也不能同意让喀耳刻把他的人脸变成一张兽脸；据说智慧本身也会对他说这样的话："离开我，让我留下，不要把我藏进驴头驴身中去。"怎么，哲学家宁可为了生活在这张朦胧的天幕下，而舍弃这个伟大神圣的智慧吗？这就不是我们在理智、推理和心灵上胜过动物了。为了我们的美、我们的肤色、我们的四肢匀称，我们必须舍弃我们的智慧、我们的谨慎和其他一切。

这种天真坦白的说法我可以接受。当然，哲学家认识到我们那么渲染的这些长处，纯属子虚乌有。即使动物有了这些德操、学问、智慧和斯多葛的知足，它们还是动物，还是无法与可怜、讨厌、无理的人相比较。总之一切不像我们的东西都不值一提。就是上帝，也必须像我们才受到尊重，这点我们以后再谈。由此可见，我们自认为比动物优越，贬低它们，不与它们交往，不是出于理智，而是傲慢自大，顽固不化。

我们自己又是怎么样的呢？反复无常，犹豫不决，游移不定，痛苦，迷信，担心未来的事，甚至担心身后的事，野心，吝啬，嫉妒，羡慕，贪婪无度，战争，谎言，不忠，诽谤和好奇。当然，还有自我吹嘘的这种高超推理能力和这种判断认识能力；但是就因为这样，我们不断地陷入数也数不清的情欲纠纷之中，使我们为此付出惊人的代价。

"我的全部希望都寄托于自己身上。"（泰伦迪乌斯）这件事谁都能自己做得的，受上帝庇护而对生活无愁无虑的人尤其容易。依赖别人很可怜，也很不安稳。就说我们自己吧，谁是最正确、最可靠的靠山，我们何尝有足够的把握呢。我除了自己以外没有什么是自己的，即使如此，其中还有一部分是缺失和借来的。我培养勇气，这最重要，还储存财物，当一切弃我而去时找个自保的机会。

伊利斯的希庇亚斯不仅潜心学习，投入缪斯的怀抱里无人作伴时也可以愉快过日子；不仅加强哲学阅读，让心灵得到满足，当命运不济时勇敢地摒弃一切外来的舒适；他还十分好奇地去学习做饭、剃毛发、做长袍、鞋子、戒指，尽量做到自力更生，不用外界的供应。

享受而不用承担义务，也不为环境所迫，在意志与财力上还有力量和手段放弃不用，这样的享受当然更自由、更愉快。

我们的善与恶也全在于我们自己。烧香许愿要面向我们自己做，不必面向命运做，命运对我们的品行是毫无作用的。相反我们的品行会影响命运，会塑造命运。我为什么对餐桌上唠唠叨叨、吃吃喝喝的亚历山大不作评论呢？他下象棋时，这种幼稚可笑的游戏触动和使用了他的哪种脑神经？（我讨厌和躲避下棋，这实在算不上是种游戏，要玩又过于严肃，费那么大的精力不去做些正经事那才是难为情。）他在准备那场光荣的印度远征时也没那么忙碌；还有另外那个人在讲解《圣经》中那段有关人类永福的章节时也是如此。

且看这类可笑的娱乐在我们的心灵里会膨胀和重要到何种程度；它的每根神经是否都绷紧了；它如何给每个人充分认识自己、正确判断自己的依据。在任何其他时刻我都不能把自己审察得那么透彻。哪种情欲不在搅动我们心灵？愤怒、伤心、仇恨、急躁、急于求成的野心，在这件事上更可原谅的倒是急于求输。把旷世奇才用在雕虫小技上，这不是大丈夫所为。我在这个例子上说的话也适用于其他一切。人的一举一动、一言一行都在突出和显示这是怎么一个人。

看起来好像是这样，大自然为了安慰人类的处境悲哀脆弱，使我们每人都有一份自负。这就是爱比克泰德说的：人没有什么是自己固有的，除了自以为是以外。我们大家共同的东西是美梦和幻想。

哲学家说，神有健康是实的，有病是虚的，而人有好事是虚的，有坏事是实的。我们努力发挥自己的想象力是很有道理的，因为我们的一切好事都只是在梦幻中。

这个大千世界，有人还把它看做是恒河一沙，是一面镜子，我们必须对镜自照，从正确角度认识自己。总之我希望把世界作为我的学生的教科书。形形色色的特性、宗派、判断、看法、法律和习俗，教会我们正确判断我们的这些东西，提高我们的判断力去认识其不足和先天缺陷：这可不是轻松的学习。国家历经动乱，百姓受尽沧桑，要我们知道我们的历史也不会产生大奇迹。那么多的名字，那么多的凯旋与征服，都已湮灭在遗忘中，居然还希望抓十个轻骑兵，攻下一只因陷落而出名的鸡棚，欲要因此名垂青史，岂不是笑话。那么多极尽奢华的外交排场，高官显爵前簇后拥的宫廷礼节，使我们见惯君临天下的骄傲与自豪，再见到金碧辉煌的场面也不会眨一眨眼睛。千千万万人已先我们埋在地下，鼓励我们不要害怕到另一个世界跟他们结伴。其他事也是如此。

毕达哥拉斯说，我们的人生犹如民众大集合的奥林匹克运动会。有的人锻炼身体为了获取比赛的荣誉，有的人带了货物出售为了谋利。还有的人——那也不是不好——来此没有其他目标，只是观看事情怎么和为什么是这样进行的，作为其他人人生的观赏者，以此作出判断和调整自己的人生。

上帝要教我们明白除了这个世界的好运与厄运以外，好人有其他东西可以期望，坏人有其他东西需要害怕，这些都在他的掌握之中，主会根据看不见的天命来安排，不让我们愚蠢地图谋私利。有人要根据人的理念来攫为己有是自不量力。他们贪多必失，劳而无功。圣奥古斯丁跟对手争论时举了一个很好的例子。

这是一场由记忆的武器,而不是由理智的武器决定胜负的冲突。

太阳要给我们多少光辉,我们就应该心满意足地接受多少光辉;谁若要在身上照到更多的光辉而抬起了眼睛,由于惩罚这种大不敬行为而使他丧失了视力也不要感到惊讶。

天意岂是谁人能够知晓? 命数岂是谁人能够猜透?

——《所罗门智训》

我们的眼睛看不到身后,一天中上百次,我们在邻居身上嘲笑的是我们自己,讨厌他人的缺点,其实这些缺点表现在我们身上还要明显,自己则恬然不以为怪,反而欣赏不已。就在昨天,我还见到一位明白事理的好好先生,嘲笑另一人的愚蠢做法,说得既风趣又实在。那个人拿了他的大半是伪造的家谱与联姻关系跟谁都干仗(身份愈是可疑与不确切的人愈是起劲说这类蠢话);他若再回过头看自己,他到处散播与吹捧妻子的光耀门第也同样夸夸其谈,令人生厌。

我的意思不是说自己不清白就不要批评别人,那样的话就没有人可以批评了。也不是说他自己必须没有同样的错误。我的意思是说,当我们针对别人作出判决,不能让自己在内心不受审讯。一个人不能清除自己身上的罪恶,却忙着清除别人身上不怎么有害和根深蒂固的罪恶,这也算是做好事么。

---

① 指希腊德尔斐阿波罗神庙门楣上这句格言:"认识你自己。"

论欲望与野心

我们这个时代的人养成了浮躁、爱出风头的性格，以致不再注意善良、节制、平等，恒心以及宁静无为的品质。丑事到处可见，好事了无影踪，病态满目皆是，健康则很罕见。令人高兴的事也就无法与令人伤心的事相比。把会议室可做的事放在大庭广众面前做，把前一夜能做的事放到白天中午做，同事可以做好的事恨不得自己来做，这样做是为了沽名钓誉和个人利益，不是为了对工作有利。就像希腊某些外科大夫，用木板搭台，在行人众目睽睽之下表演他们的开刀手术，目的是熟练技术招揽顾客。他们认为大吹大擂才能让人听到事情得到良好解决。

野心不是小人物的一种罪行，也不是我们花力气所能实现的。有人对亚历山大说："令尊给您留下了一大片易于治理的和平疆土。"但是这个孩子羡慕父亲的武功与他的政策的正义性。但是他不甘心懒洋洋太平无事地管理世界帝国。在柏拉图的著作中，亚西比得宁可在年轻英俊、富有、高贵、极有学问时死去，不愿在这个阶段停滞不前了。

我们享有的福乐跟我们的命运是一致的。不要妄想大人物的福乐。我们的福乐更自然，因而也比他们的更稳固更可靠。即使不是从良心至少也要从野心出发去拒绝野心。要蔑视对虚名浮誉的贪图，这些是要我们低声下气向各式各样人物去讨好的。不择手段，不计代价，"在市场能买到的光荣是什么玩意儿？"（西塞罗）

　　这样得来的荣誉不是荣誉。我们要学会没有能力赢得光荣也就不要贪图光荣。做了一件有用无谓的事神气活现，这是对这类事大惊小怪的人才会这样。这让他们付出代价，于是要提高它的身价。一件好事愈是叫得响，我愈是贬低其中的好意，会怀疑这是做了扬名而不是行善。抖落到大众面前已算是一半被出卖了。这类行为若由做的人不经意间悄悄泄漏出来，然后有好事者核实后露出了水面，让它们自行不胫而走，这才有点意思。"我认为，不事声张、不忌讳人家怎么说的情景下做的事最值得赞扬。"（西塞罗）那位世上最神气的人是这么说的。

　　我们各人都比自己想象的更富有；但是大家又催促我们向别人借贷与乞讨；被人摆弄着求人多于求己。于是人在任何事情上都不知道满足需要后适可而止，如欲念、财富、权力总是贪多务得；贪婪是无法控制的。我觉得在寻求知识上也是如此，他给自己确定的任务超过他的能力，超过他的需要，把知识用到穷尽为止。"我们在学问和其他一切方面都在受放纵之苦。"（塞涅卡）阿格里科拉的母亲限制儿子过分热衷于求学问，塔西陀表扬这位母亲是有道理的。学问是一件好事，若用正眼看它，它像人的其他好事有许多虚荣与固有的天然弱点，代价很高。

我们的欲望轻视和无视到手的东西，而追求得不到的东西：

已有的不要，没有的当宝。

——贺拉斯

我们要心灵掌握的东西太多，反而不能使它集中与牢记。有些事只需知道，有些事要记住，有些事要刻骨铭心。一切事物心灵都是可以看见与感觉的，但是都要由心灵自己去汲取养料。真正触动它的东西，真正融入和组成它的实质的东西，才使它得到教育。

大自然的规律使我们学到我们必须学习的东西。贤哲告诉我们，按照自然的规律无人是贫困的，按照世人的意见人人都是贫困的，他们还细致区分从自然而来的欲望和因我们胡思乱想而来的欲望。大家看得到底的欲望是来自自然的，在我们面前躲闪、让我们追赶不上的欲望是来自我们的。钱财的贫乏易治，而心灵的贫乏则不可治。

不许我们做的事，也就是煽动我们欲望的事。

你若不看住你的美人，

她也会很快失去我的爱情。

——奥维德

把她完全放弃给我们，只会引起我们的漠视。少与多都同样不适当。

最聪明的哲学宗派说，没有一条道理没有它的正反两面。我有时反复琢磨一位古人对死亡表示轻视而说的那句名言："任何好事都不能给我们带来欢乐，除非是我们要面对失去的好事。""因失去而难过与为失去而害怕，同样伤神劳心。"（塞涅卡）这是在说明人生的果实并不能使我们真正快乐，如果我们老是害怕失去的话。

然而话也可以从另一方面来说，正因为觉得好事无从掌握和害怕失去，会对它更加亲密和珍惜。因为就像火遇上寒冷烧得更旺,我们的意志遭到违抗会更坚定。

> 达那厄若不关在铜塔里,
> 朱庇特也不会让她有喜。
>
> ——奥维德

因此,唾手可得的满足本来就是我们欢乐的大敌,罕见与难得的东西才最能煽动我们的欲望。"任何事物都是失去的风险愈大,得到的欢乐也更多。"(塞涅卡)

在这些可以证明我们弱点的事件中,我觉得还有这件事不应该忘记:人就是有欲望也不知道如何找到他需要的东西;因为在想象和愿望中,而不是在享用中,我们到底需要什么才会得到满足,自己也没法取得一致的意见。即使让我们的思想随心所欲地编织美好的心愿,也想不出什么是该有的,什么是称心如意的:

> 什么时候恐惧和欲望来自理性?
> 你能想出什么计划,只会成功,
> 而不会有何必当初的遗憾?
>
> ——朱维纳利斯

这说明为什么苏格拉底只向神要求神认为对他有用的东

西。斯巴达人在公开和私下的祈祷中，只要求得到美好的东西，至于什么是美好的东西则由神进行选择：

如果我们有时高兴进行反省，如果我们留出观察他人和了解外界事物的时间用于审视我们自身，很容易发觉人体的结构其实是一些脆弱易损的器官组成的。对什么事物都不会称心如意，即使有欲望与想象也无能力去选择我们所需要的东西，这不是人性不完美的一个显著证明吗？还有一个极好的证据，那就是如何找到人的最大幸福，历代哲学家对这个问题一直争论不休，现在还在争论，将来还会永远争论下去，得不到结论，达不到一致；

要的东西得不到？说什么也不要别的。

要的东西有了？就再要另一个。

欲望永远存在。

——卢克莱修

不论遇到了什么，享受了什么，我们还是觉得不满足，去追逐未来与未知的事物，尤其现有的东西没能使我们心醉。依我看，不是这些东西不够令我们心醉，其实是我们对待它们有点儿病态，神经错乱，

他看到世人需要的一切，

差不多都已在世人手边。

有人荣华富贵，

还有儿孙替他们光宗耀祖。

然而没有人不心烦意乱，

毫无理由地受不必要的折磨！

他明白问题出在那颗心，

灌注的就是琼浆玉液，

盛器的缺点会使它腐蚀败坏。

——卢克莱修

　　我们的欲望游移不定；既不知道留住什么，也不知道适当享受。人认为问题出在那些东西，于是胡思乱想其他他不知道不了解的东西，认定了这是他的渴求与期望之所在，于是顶礼膜拜；像恺撒说的："由于人的劣根性，我们对从未见过、隐蔽与陌生的事物更相信更畏惧。"

　　所以我说我们每一个脆弱的生灵，认为在这个范围内的东西都是自己的，这情有可原，但是同样一出了这个范围都只是一片混乱。这是我们能够给予自己权利的最大空间。我们愈是扩大自己的需要与占有物，我们愈是易遭命运的冲击与灾星的降临。我们应该给欲望的路程设立禁区，限制在最近最直接的好事上。此外这条路程不应该设计在向外畅通无阻的直线上，而是按圆圈而行,路程的两端经过一个简单的转弯,汇集在我们自己身上。这番曲折也可说是接近实质的反思,没有曲折的行动就像吝啬者、野心家和其他直奔目标的人的行动,他们可以冲在别人前面奔跑,但这是错误和病态的行动。

我们的工作大部分都是闹剧。"人间就是一出戏"(佩特罗尼乌斯)我们应该尽心尽责扮演自己的角色,但只是一个特定人物的角色。不应该把面具与外形作为精神实质,把别人作为自己。我们不善于辨别人皮与外衣。在面孔上涂脂抹粉已经足够,不用再在良心上涂脂抹粉了。我见过有的人担任过多少个职务,变脸和变心就变了多少回,脑满肠肥大模大样,甚至在私室里也一身官气。

我教不了他们如何区别称赞他们本人的高帽子与称赞他们的差使、随员还是骡子的高帽子。"他们那么陶醉于自己的好运,竟至忘了自己的本性。"(昆图斯·库提乌斯)他们的官职高,把自己的心灵与思考能力也吹嘘得那么高。

一切事物诞生时都是柔弱的。可是应该睁大眼睛看着初始之时。因为小时不发现它的危害性,大时就会找不到医治之药。我抱有野心时,每天遇到千万个难题不容易解决,还不如在内心油然产生这个想法时,毅然把它抑止,这要容易得多:

> 我有理由害怕
> 抬起头被人远远看在眼里。
>
> ——贺拉斯

论荣誉

世上有名就有物。名者，指出和称呼物的一个声音；名者，不是物和实质的一部分，而且依附于物、存在于物之外的一件异品。

上帝本身是圆满与完美的极，从其内部已不可能再增再长。但是我们对他的显像表示感恩与颂扬所用的名是可以再增再长的。既然他的内部积满了善，任何的称颂我们都无法增之于内部，我们就归之于他的名下，名是他身外最接近的东西。因此这说明为什么光荣与荣耀都只属于上帝。违情悖理的是我们竟为自己苦苦追求光荣与荣耀。因为我们的内部贫乏空虚，我们的本质很不完善，需要不断改进，这才是我们必须去做的事。

我们都很空虚疏浅，这不是用妄言妄语可以填补的；我们应该用更实在的东西修身养性。饿汉不去弄一顿好餐而追求一件美衣，不免头脑过于简单，人必须首先解决当务之急。就像我们日常祈祷说的："在至高之处荣耀归于神，在地上平安归于他所喜悦的人。"（《新约·路加福音》）我们匮乏的是美、健康、智慧、美德等这类基本的组成部分，只有获得必要之物以后才去寻求外部的装饰。神学全面和更中肯地论述这个课题，而我对此并不精通。

　　克里西波斯和第欧根尼是最早最坚决蔑视荣誉的作家。他们说所有乐事中最危险、最应该躲之唯恐不及的就是别人的赞扬。确实，经验已经告诉过我们不少损失重大的背叛行为。对君王毒害最深的莫过于阿谀奉承，坏人也最容易以阿谀奉承获得周围人的信任。用好话来哄骗和取悦女人，诱使她们失去贞节，最有效与普遍的做法也是曲意逢迎。

　　这些哲学家说，人间的全部荣誉都不值有识之士动一动手指去拾取：

荣誉即使再大，还不就是荣誉而已？

——朱维纳利斯

　　我仅以荣誉本身来说的。然而荣誉以后经常带来许多好处，这就使荣誉成为令人想望的东西了。它给我们带来好意，它使我们较少受到别人的辱骂与冒犯，诸如此类的事。

　　这也是伊壁鸠鲁的主要信条；因为他的学派的格言：闭门过日子，不去担任公职和让公务缠身，从而也会漠视荣誉，因为荣誉是大家对于我们公开活动所作的一种赞扬。那个人敦促我们深居简出，只管自身的事，不但不要我们引人注目，更不要我们接受别人的荣誉与赞扬。因而他劝诫伊多梅纽斯，不要以大家的意见或名望来决定自己的行动，但是也要注意看不起别人会引起意外的麻烦。

亚里士多德把荣誉列为身外第一财富："防止两个不良的极端，一味追求荣誉和一味回避荣誉。"我相信我们若有西塞罗在这方面的论述，他会给我们提出一些精彩的见解。因为这人那么热中于名利，我相信他若敢做，他必然会走其他人所走的极端，认为美德本身令人想望，其实只是为了想望随同美德而来的荣誉而已。

这是一种极端错误的思想，使我感到难过的是，一位有幸被称为哲学家的人，头脑里居然钻出这样的想法。

如果这是对的，那就应该在人前做好事啰。心灵是美德的真正中心所在，我们不用对心灵活动进行约束与控制，除非它们必须暴露在众人面前的时候。

这样岂不是坏事可以做，但要做得巧妙与隐蔽？卡涅阿德斯说，"假定你知道有一条蛇躲在这个地方，有一个人若死去可以让你得益，他不假思索去坐在了那里，你不关照他，你就是做了一件坏事，你的行为只有你一人知道，这只会加重你的罪行。"如果不以主动做好事作为一条戒律，如果不被惩罚就是合法，那我们每天会听任自己去干出多少坏事来！

我们说扩大名声，也就是让名字挂在许多人嘴上。我们要声名远播，从中得益。这也算是这个意图的最佳理由了吧。但是这种病发展到了极端，许多人就是力图让人家谈论他，不管用何种方式。特洛古斯·庞培谈到希罗斯特拉图斯，李维谈到曼利乌斯·卡庇托利努斯，都说他们更追求的是名声大，而不是名声好。这个缺点是常有的。我们一心要大家谈论自己，而不是怎样在谈论自己，让大家嘴里提到自己的名字，不论什么情况都可以。好像人出了名，他的生活与寿命都会得到其他人的保护。

　　而我认为我只是存在于自身之中，而出现在朋友熟人面前的这另一部分人生，必须是不加掩饰与单纯自在的。我知道我除了招来匪夷所思的妄评以外，感受不到任何教益与快乐。当我死后，这种感受只会更少。此外，若有什么好事在身后落在我的头上，我也不再有什么作为去保持名声，名声也就跟我无关痛痒了。

　　我们看到有多少俊彦之士死后留名的呢？他们在生前就看到和痛心青春年代名正言顺获得的英名早早消逝。为了过上三年自我陶醉的烟云生活，我们要失去真正实在的生活，然后心甘情愿进入永远的死亡？对于这么重要的人生大事，贤人们给自己确定了一个恰如其分的美好目标。

“做了好事，这就是对做好事的报偿”（塞涅卡）；“服务的果实即是服务本身”（西塞罗）。

一位画家或其他艺术家，甚至一位修辞学家或语法学家，他们创作是为了成名，或许还情有可原。但是做有道德的事本身就非常高尚，不能在实现它们的价值以外再索取其他的报偿，尤其在人们的妄评中寻求报偿。

不过，要是这个错误的看法有助于大家约束自己履行义务；要是世人醒悟而关注美德；要是君主看到大家怀念图拉真、唾弃尼禄而有所触动；要是这个大恶棍的名字从前叫人闻风丧胆，而今小学生一提到都可以肆无忌惮地诅咒与辱骂；这情景可以引起他们深思，那就让这个错误的看法广为传播，我们也应该竭力推波助澜。

为了光荣而实施美德，美德也就成了十分无聊低俗的事。我们应该毫无功利目的地去实施美德，赋予它特殊地位，不与命途沾边。因为还有什么比名声更多偶然性呢？“是的，命运的权势遍及一切，它使一部分人飞黄腾达，使另一部分人潦倒落魄，不是根据事实，而是根据它的随心所欲。”（萨卢斯特）要让人的行为为世人知晓与目睹，这纯然是命运之神的安排了。

世道无常，荣誉也任意给谁就是谁。我看到不少次荣誉走在才能前面，而且超过很大一段距离。第一个想到把荣誉比喻为影子的人，恰当得超出他的意料。这些实在是过眼烟云。

影子有时出现在人体前面，而且长出许多。

有人教导贵族说在英勇中寻找光荣，"仿佛不彰明较著的行为就不是美德"（西塞罗），人生中自有千百次做好事而不被人注意的时机，而他们却教这些贵族在无人看见时不要贸然冒险，当有人见证时必须注意到他们会把他们的英勇行为宣扬出去，这有什么好处呢？一场大规模混战中，有多少可歌可泣的大事湮没无闻？在如此激战中，谁居然还津津有味地观察别人，这说明他手里的活儿不忙，在为战友的行为作证的同时也提供了不利于自己的证明。

"我们天性追求的主要目标是荣誉，真正智慧高尚的人认为荣誉体现在行为上，不是在颂扬上。"（西塞罗）

若不是在引人注目的场合死得众所周知，谁都认为自己死得不值，他宁可一生默默无闻，从而也漏过许多担风险的良机。所有的良机都有锦绣前程，因为各人的良心会牢牢记住。"我们所夸的，是自己的良心，见证我们……。"（圣保罗）

谁是好人，只是因为大家认为他是好人，并且在知道后觉得他更值得器重；谁要是只为了让大家知道而去做好事，这样的人大可不必对他有多少期望。

我们的心灵并不是为了炫耀而尽自己的职责，而是为了心灵自身，这里面只有自己的一双眼睛才能窥透。心灵保护我们不怕死亡，不怕痛苦，甚至不怕羞辱；要我们忍受失去孩子、朋友和财富的痛苦；当时机到来，让我们去冒战争的危险。"不为任何利益，只为与美德密切相关的荣誉。"（西塞罗）这种益处要比光荣与荣耀更重要、更值得期望和冀盼；荣誉不是别的，只是人家对你的一种好评而已。

在人世种种痴心梦想中，最普遍认可的是名望与荣誉，为了得到它们甚至不惜抛弃财产、安宁、生命与健康。其实后面这些才是实际有用的财富，而追求的只是没有形体、不可捉摸的虚影与空谷回响：

> 名望用甜蜜的声音迷倒了
> 多少英雄好汉，那么美好，
> 其实只是一个回声、一个影子、一场梦，
> 风一吹就消失得无影无踪。
>
> ——塔索

这属于人的劣根性，即使哲学家好像也对它情有独钟，迟迟不能摆脱。

这是最难治的顽疾："对心灵正在提升的人也从不放过诱惑。"（圣奥古斯丁）理智也从未这样明白地指责名声是一种虚荣。但是虚荣的根子在我们身上扎得那么深，不知道哪个人能够真正彻底摆脱。当你说出一切理由，信誓旦旦地否定它，它会

对你的理由进行紧迫迂回战术,使你难以应付。

一个人不会因为用心抚育孩子而受到赞扬;尽管这是正当的行为,但是这太一般了;就像密林中到处树木参天,也很难区分彼此。我不认为斯巴达人中间有谁会以勇敢为荣,因为这是他们这个国家人人具备的美德;忠诚、不慕钱财也复如此。美德不论多么大,成为日常行为以后也不会得到奖赏。而且,我也不知道,既然美德已成为普遍行为,该不该还以大美德相称。

因而对荣誉的奖赏也仅是荣誉而已,它们的价值和品位在于极少数人才能获得;若要奖赏一文不值,那只须到处滥发。今天获得勋章的人就是比过去要多,也不应降低勋章的品位。

获得勋章的人多了起来也是容易理解的,因为没有一种美德像作战勇敢那样容易蔚然成风。

人一心一意要延长自己的存在,会用尽一切方法去追求这个目的。保存肉体的是坟墓,保存名声的是荣誉。

人对自己的命运不满意,就千方百计去编造故事,重新塑造自己和支撑自己。灵魂由于自身的彷徨和软弱,不可能有立足点,它就要到异地去依附和扎根,到处寻求安慰、希望和基础;不论编造的东西如何无聊荒唐,灵魂还是得到了更为安全的依托,也就更加乐意沉溺其中。

我也不奉劝女士们把自己的义务称作荣誉:"日常谈话中,所谓诚实只是指老百姓嘴里说的光荣事。"(西塞罗)她们的义务是精髓，她们的荣誉只是外壳。我也不奉劝她们在拒绝时向我们道歉，因为我并不预设她们的心愿、欲望和意志所表示的心情（这跟荣誉没有关系，尤其这一切都是不表露于外的），必须比她们的行为更加规矩。

> 她说："不，这是禁止的！"时，其实在说："可以。"
>
> ——奥维德

欲望与实施对于上帝与良心来说都是同样严重的冒犯。还有她们这些行为是隐蔽和暗地里做的；只要她们对自己的责任、自己的贞洁观念并无其他的尊重，她们很容易把其中有关荣誉的一次做得不为人知。

一切正直之士都会选择丧失荣誉而不是丧失良心。

论退隐

　　我相信,退隐的目的都是一样的:生活得更加悠闲从容。但是大家并不一定找对途径。经常他们以为离开了工作,其实只是改变了工作。管理一个家庭并不比治理一个国家更少受折磨。人的心思不论用到哪里,总是全力以赴。家事虽则没那么重要,麻烦一样也不少。我们摆脱了官场与商界,并没摆脱生活的主要烦恼。

　　消除烦恼的智慧与理性,
　　不是躲进只见天涯海角的地方。

——贺拉斯

　　野心、贪婪、患得患失、害怕、欲念并不是换了地方就会离开我们的。

　　如果不首先解除心灵的重担,晃动只会使重担更重;就像船上的货物装稳时行驶更轻松。要病人搬动位置,给他的是痛苦不是舒服。伤口愈拨弄愈痛,就像木桩愈摇晃陷入土内愈深愈牢固。所以离开人群是不够的,换个地方是不够的,应该排除的是心中的七情六欲;我们应该自制自律。

> 我刚才挣断了锁链,你对我说。
> 是的,如同狗,终于把链条拉断,
> 逃跑中颈上还拖了一大段。
>
> ——柏修斯

我们到哪里都带着我们的锁链;这不是完全的自由,我们还是转过头去看留在后面的东西,总是牵肚挂肠。

> 我们的病锁住了我们的心,心又无法摆脱自己,

> 心灵一旦出错就无法补赎。
>
> ——贺拉斯

所以必须把心引回和摆正位子;这是真正的退隐,在城市与王宫可以做到;但是独自更容易做到。

我们需要有的是妻子、孩子、财产,尤其重要的是尽量保持健康;但是不能迷恋得让我们的幸福都依赖于此。应该给自己

保留一个后客厅，由自己支配，建立我们真正自由清静的隐居地。在那里我们可以进行自我之间的日常对话，私密隐蔽，连外界的消息来往都不予以进入。要说要笑，就像妻子、儿女、财产、随从和仆人都不存在，目的是一旦真正失去了他们时，也可以安之若素。我们的心灵要能屈能伸；它可以自我作伴；它可以进，可以退，可以收，可以放；不怕在退隐生活中感到百无聊赖，无所事事：

> 你在孤独中也仿佛是一群人。
>
> ——提布卢斯

安提西尼斯说，美德是自我满足：无须约束，无须语言，无须行动。

让昔日功劳的光辉亮堂堂照着你，一直深入到你的洞窟里，这是危险的。把他人的赞誉带来的欢乐，随同其他欢乐一起抛掉吧。你的知识与能力倒是不用担忧，若要使自己日臻完美，它们是决不会失去其功效的。让我们提一提那个人，当有人问他为什么花那么多精力去从事那么少人理解的一门艺术时，他回答说："人少我不嫌，只有一个我不嫌少，一个没有我也不嫌少。"

他这话说得不错，你和一个同伴，彼此来说都是一座合适的舞台，你和你自己也可以做到这样。让大众对你是一人，让一人对你是大众。已往无所事事,闭门谢客,还要从中得到荣耀,这是懦夫的野心。应该学学野兽,他们把洞穴前的脚印清除得干干净净。你应该寻求的不再是让大家议论你,你应该寻求的是自己议论自己。

让你自己回到心里,但是首先要准备在心里接纳你。你若不知道自律,把你交给自己那就是一桩蠢事。个人独处和与人相处,都会处理不好的。直到你能够做到对待自己也不敢稍有怠慢,直到你对自己也会羞惭和尊敬,"让脑子里装满高尚的思想"(西塞罗),时刻不忘加图、福西昂、阿里斯蒂德斯,即使疯子在他们面前也行为规规矩矩,让他们来监督你的一言一行吧;若有不良意图,出于对他们的敬重也会加以纠正的。

他们会让你保持这样的心态,自得其乐,自力更生,把你的心思都花在某些有限的乐事上;选定了哪些是真正的财富,理解它们的同时又享受它们,心满意足,不要妄想长生不老和虚名浮誉。

荣誉、财富、地位以及其他我们称之为福气的种种恩宠与好处,在理智好像无法说服我们把它们放弃,不要去承受这份新的重担时,竟然不惜去死以求摆脱,我还没有见过谁主张和做过这样的事,直到我偶然读到了塞涅卡的那一段话为止。他劝皇帝身边一位有权有势的重臣卢西里乌斯,改变骄奢淫逸的生活,不贪恋尘世的功利,退居山林,过平静超脱的生活。卢西里乌斯对此提出一些困难，塞涅卡就对他说："我的意见是你放弃这种生活，或者放弃人生；我劝你采取一种最温和的方法，慢慢解开而不是切断你打的死结，除非解开不了，那就把它切断。没有人会胆子小得宁可一直摇摇晃晃，而不愿意一下子跌倒在地。"

不管怎么说，退隐生活中包含的义务要比其他的生活更艰巨更紧张。亚里士多德说，平民百姓实施美德要比身居官职的人更难更可贵。我们准备去建功立业，更多是求荣耀，不是为良心。其实达到荣耀的最短途径，就是立志在良心上去做你愿为荣耀所做的一切。

不及早有自知之明，不感到岁月不饶人，会使身体与心灵两方面都受到极度的摧残（心灵与身体是对等的，有时心灵更占一半以上），这样的错误使世上多少伟人身败名裂。我从前见过，还熟悉一些有声望的人物，他们风华正茂年代声名远播，然而曾几何时迅速殒落。为了他们的荣誉，我多么愿意向他们进一言，文治武功已不是他们所能参与的时候，还不如及早退隐享受清福。

查理五世平生最得人心的一件事，就是他从古代国王那里懂得了这个道理：当皇袍压在身上太重而妨碍行动时，就要听从理智脱下来；当两腿搬不动时，就要躺下来。当他感到内心缺乏决断和力量，已不能像全盛时代那样处理国事时，他就把他的治国方略、威望和权力转交给他的儿子。

论简单人生

从实用与朴实真诚来说，提倡做人简单的学说并不比提倡做人博学的学说差，还正相反呢。人的情趣与力量各有不同；应该按照他们的实情，通过不同道路引导他们走向美好。

我从未见过我家邻近的农民，苦思苦想以怎样的态度和镇定度过他们最后的时刻。大自然教导他们到了临终时再想也不迟。在这件事上他们比亚里士多德更加潇洒；死亡对亚里士多德构成双重压力，一是死亡本身，二是他年纪轻轻想到死亡。而恺撒的意思是最不去想的死亡是最快乐与最无压力的死亡。"在必要痛苦以前就痛苦，实在是痛苦得超过了必要。"（塞涅卡）

想象力之所以厉害是来自我们的好奇心。我们要超越与调整自然规则，这样也妨碍了自己。只有那些书呆子身强力壮时想到死亡就胃口不佳，皱紧了眉头。普通人只有在死亡袭击时才需要治疗与安慰，感觉多少关心多少。我们不是说普通人鲁钝，不知害怕，使他们对当前的痛苦很有耐性，对今后不幸的意外压根儿就没想过吗？还说他们的心灵愚拙迟钝，不可理解，缺少反应吗？要是果真如此，上帝啊，让我们今后以愚笨为师。它循循诱导它的弟子去得到的，就是知识许诺给我们的人生至宝。

依我的看法，做人所以美妙是活得幸福，不是安提西尼说的死得幸福。我不曾想把一位哲学家的尾巴丑陋地续接在一个绝境中人的头和身体上，也不会让人生残局去否定和抹杀我大段的美好人生。我愿意让人把我通体融合统一来看。我若会重生，会照样再活一遍。我不埋怨过去，也不畏惧未来。我若不想欺骗自己，心里心外都一样表现。我对命运至为感激的一件事，就是我的身体状况跟岁月配合得恰到好处。我看到了人生的长苗、开花与结果；而今又看到枯萎。这也是件幸事，因为这顺乎自然。我较为平心静气地忍受着病痛，因为它们是按时来的，更有利于我去回忆从前的大好时光。

彼时与此时，我的智力可以说还是不相上下；但是从前更有建树，更见精彩，朝气、活泼、纯真，而今迟钝、多怨、辛苦。我也就放弃了进行效果难料、痛苦的改造。

请比较一下他们的生活，一个是受想象力困扰的人，一个是天然需要满足后万事不操心的庄稼汉；后者想事情直来直去，不顾前思后，也不察言观色，他有病的时候才感觉痛；而前者在腰里还没有长上石头时，经常心灵已经压上了石头。仿佛他们到了痛时来不及痛似的，要在事前先想起痛，要走在痛的前面。

我谈的是医药，这方面的例子也适用于所有的学问。这就要提到怀疑论哲学家的一种老看法，他们认为承认自己判断的弱点是最大的益处。我的无知给我提供同样多的希望和恐惧，我要认识自己的健康，除了从他人的榜样和我在其他地方相似情况下看到的事件中去认识，没有其他依据；我会从中找到各种各样的例子，作出对自己最有利的比较。我张开双臂去迎接健康——自由的、全身心的健康；我刺激胃口去享受健康，尤其当我现在健康的日子更不常有的时候；我多么不愿意让一种新的限制性的生活方式无故地扰乱我的休息和安宁。动物可以向我们指出，心烦意乱会引起多少疾病。

据说，巴西的土著活到很老才死，大家归之于那里的空气明净纯洁，我宁可归之于他们心灵的明净纯洁，摆脱一切情欲、思虑和紧张或不愉快的工作，像那些人，在质朴无邪中度过一生，没有文化，没有法律，没有国王，也没有任何宗教。

以前，我见过生活过得比大学校长聪明和幸福的工艺匠和农夫何止上百，我宁可做这样的人。以我看来，学问属于生活中必需的东西，犹如光荣、高贵、尊严，或者更进一步美貌、金钱以及其他这一类的品质，它们对生活也是真正有用的，但是间接地存在于想象中更多于实际中。

在我们的集体内，我们生活所需的公职、规则和法律，并不多于鹤和蚂蚁在它们的集体内所需要的。它们没有学问，我们看它们也生活得很有秩序。如果人聪明行事，那么对每个事物也会根据它对生活切实有用这一点来给予正确的估计。

如果对人的行动和行为进行估量，就会看出没有学问的人做的好事远比有学问的人做的好事多，我说不论在哪一种好事上。我觉得古代罗马在和平与战争方面，都比这个自行毁灭的文明罗马实现的成就更大。即使在其他方面不分彼此，至少古代罗马正直和无辜，一切简单纯朴，非常自在。

让我们的心灵最放松与最自然的做法是最美的做法，最不勉强人的工作是最好的工作。我的上帝，智慧若使人能够量力去满足自己的欲望，那才是对人做了一件好事！没有比这更有用的哲理了。"量力而行"，这是苏格拉底最爱最常说的一句话，内涵丰富。应该把我们的欲望导向和定位在最近、最轻易的事上。命运让我接触到我生活中千百件不可或缺的东西我就是不乐意，偏偏要去追求一两件我鞭长莫及的东西，或者甚至是一个非我所能冀求的怪念头，我岂不是愚蠢到了家？

当皮洛士国王打算进军意大利，他的聪敏的谋士西奈斯劝他对自己的野心虚荣有自知之明，他问："啊，陛下，策划这样的大行军要达到什么目的？"

"我要当意大利的霸主。"国王回答干脆。

"那么然后呢?"西奈斯又问。

"我前往高卢和西班牙。"另一位说。

"然后呢?"

"我再去征服非洲;等我最后征服了全世界,我可以休息,心满意足地生活。"

"以上帝的名义,陛下,"西奈斯依然往下问,"跟我说说为什么就不能现在心满意足地生活呢?为什么不从此刻起就到你想去的地方去安家呢?免得在那时以前还去干那么多的工作,遭遇那么多的危险。"

> 这是他不知道给欲望设下界限,
> 真正的欢乐到哪里为止。
>
> ——卢克莱修

放弃一切不干那是易如反掌;要参与而不操心谈何容易。当你身处一个地方,眼前所见的一切都要你忙碌,都跟你有关,这实在太可怜了。我觉得住在一幢陌生的房屋里,带去质朴的生活情趣,那种享受要快乐得多。有人问第欧根尼他认为哪种酒最美,第欧根尼也像我这样回答:"没喝过的。"

人不应该按照自己的脾性与心意斤斤计较。我们的看家本领是懂得应付不同的局面。认定一种方式非此不可，这是存在，不是生活。最美丽的心灵是善于灵活适应的心灵。

　　说大加图的一句名言可以为证："他的思维那么灵活，对一切都应付裕如，不论他做什么，人家都说他生来就是干这个的。"（李维）

　　若由我自己来培养自己，我不愿意在一件事上做得那么专注，以致放手不下。生活是一种不均匀、不规则、多形式的运动。一意孤行，囿于个人爱好固执不变，决不肯偏离和迁就，这不是在做自己的朋友，更不是主人，而是奴隶。

　　我觉得亚历山大在他的舞台上表现的美德，不及苏格拉底在底层默默表现的美德有力量。苏格拉底处于亚历山大的位子我很容易想象，但亚历山大处于苏格拉底的位子我则想象不出来。若问亚历山大他会做什么，他会回答："征服世界。"问苏格拉底，他会说："让人按照自然状态过日子。"这倒是更普遍、更重要、更合理的学问。心灵的价值不是好高骛远，而是稳实。

　　心灵的伟大不是实现在伟大中，而是实现在平凡中。因而从内在来评判我们的这些人，不看重我们在公开活动中的出色表现，认为这只是从淤泥河底溅上来的几颗小水珠。同样，那些从堂堂外表来评判我们的这些人,也会对我们的内在气质作出结论,但无法以他们平庸凡俗的能力去攀附惊世骇俗的才情,高低太悬殊了。

人对待自己的理性,犹如香料师配制香油。他们给理性掺进许多外来的论据与推理,弄得成分复杂,变来变去,各人一套,失去了它原来稳定普遍的面貌,让我们必须到动物身上去寻找证据,这个证据是不会屈服于恩赐、腐败和意见分歧的。

虽说动物并不总是切切实实走在自己的自然之路上,但是走偏也是微乎其微,始终可以把辙道辨别出来。也像牵在手里的马,虽又跳又蹦,总不超越缰绳的长度,还是跟着赶马人的步子走。也像鸟要飞,但冲不出樊笼。

"多多思考流放、酷刑、战争、疾病、海难事故……免得遇到了手足无措。"(塞涅卡)操心人在自然中的种种祸害,辛辛苦苦防范以后未必会触及我们的灾难,这样的好奇心对我们又有什么用呢?"可能发生的痛苦与痛苦本身,对于受过痛苦的人都一样痛苦。"(塞涅卡)棍棒会袭击人,风与屁也会袭击人。

最方便、最自然的方法就对这一切(痛苦)不思不想。它们来得不会那么早,它们痛得不会真正很久,我们在精神上应该看得淡,看得轻,事前把它们吸收,相处,不然它们不会理性地压在我们的感觉上。有一位哲人,他不是温和派,而是最严格派①,说:"痛苦来了会很沉重。那就善待你自己;相信你最喜欢的事。提前迎接和思考你的厄运,害怕未来而失去现在,以后会苦而现在先苦了起来,那对你又有什么好处呢?"这是他说的话。知识对我们大有裨益,能让我们明白痛苦到底有多大多小,

忧虑让人思想敏锐。

——维吉尔

如果我们感觉不到和认识不到痛苦的大小,那就倒霉了。

我提出的是一种平淡无奇的人生,如此而已。丰富多彩的人生中含有哲学伦理,平凡家居的人生中也含有哲学伦理;每个人都是人类处境的完整形态。

著书者通过独特奇异的标志与老百姓沟通;而我,第一个向世人展现不是作为语言学家或诗人或法学家,而是他本人全貌的米歇尔·德·蒙田。如果世人抱怨我过多谈论自己,我则抱怨世人竟然不去思考自己。

但是,我这人在生活中与世无争,却又张扬得让谁都知道,这有道理吗?在这个尔虞我诈、藏奸要滑的世界上,我要人保持

自然坦荡、低首下心的生活姿态,这又做得对吗?要写书没有学问又不讲技巧,这不是像砌墙壁没有石头吗?音乐的幻象受艺术的指导,我的幻象受天命的指导。

我对人生还有另一种认识,觉得它可贵可亲,甚至在暮年还是非常执著于人生。大自然把生命交到我们手中,配有各种各样的花絮装饰,充满机遇,它若让我们感到紧迫,一无收获地溜了过去,这只能怪我们自己。"丧失理性的人生是徒劳的,它碌碌无为,一心向往着未来。"(塞涅卡)

然而我还是做到面对失去而不遗憾,不是因为它带来烦恼与麻烦,而是它原本是要失去的。所以这样说来只有乐于生活的人才不惮于死亡。享受生活需要技巧,我享受生活是别人的两倍,因为享受的程度取决于我们对生活的关注多与少。尤其此刻,我发觉自己来日无多,必须寸阴寸金地过。时间流逝得快,我出手抓得也快;过得也卖力气,抵消日月如梭的匆忙;占有人生的时间愈短,我也愈要活得更深更充实。

其他人感觉到满足与兴旺的甜蜜,我跟他们同样感受,但是不应有过眼烟云的感慨。应该细细品,慢慢嚼,反复回味,还对恩赐我们的上帝表示应有的感激。他们享受其他乐趣就像享受睡眠的乐趣,并不领会。以前我被人惊扰了好梦还觉得不错,以便我不让睡眠糊里糊涂地过去,窥知睡眠是怎么一回事。我有意默想高兴的事,不一掠而过。我探索它,敦促我那变得多愁善感的理智去接受它。我是不是心态平静呢？有什么欲念使我心里痒痒的呢？我不让它去欺骗感官。我用心灵去跟它联系，不是承担责任，而是予以认可；不是迷失其中，而是寻找自我。我动用心灵是让它在这兴奋状态中认清自己，掂量、估算和扩大幸福。心灵会明白良心无愧与其他牵肠挂肚的情欲趋于平静，身体正常与有分寸地享受甜蜜温情的功能，这要多么感谢上帝。

---

① 指塞涅卡。

论判断

　　轻易相信别人与被别人说服，被我们归之为单纯与无知，或许这不是没有道理的。因为从前好像听说过，"相信"犹如心灵上的一道痕迹，心灵愈软愈松，愈易留下印记。"增加的砝码必然使天平倾斜，目睹的事实也会影响思想。"（西塞罗）

　　心灵愈空愈没有分量，一有论点压上去，就会轻易下沉。

　　若把自己理解不了的东西都称为怪事与奇迹，那么会有多少怪事与奇迹不断地出现在我们眼前？想一想我们掌握的大部分事物都是穿过多少云雾，进行多少摸索才认识到的；当然我们会觉得，这是习以为常而不是知识增多，才使我们不再感到事物的奇异性。

不应该根据我们感觉的可信与不可信,去判断可能与不可能。自己不会做或不愿做的事,也就很难相信别人会去做,这是极大的错误,而大多数人都陷入这错误。每个人都觉得最高的自然形式都在自己身上,其他一切形式都要以它作为试金石,作为准绳。凡是不符合自己的方式的方式,都是假的、不自然的。这多么愚昧无知!

事物的新奇要比事物的大小,更容易引动我们去寻找原因。在对大自然的无限威力作出判断时必须怀有更多的敬意,对我们的无知与软弱有更深的认识。世上有多少事得到可信赖的人的证实但令人难以置信,如果我们不能信服,至少对它们不要遽下结论。因为判定它们绝无可能,这是一个鲁莽的预测,自以为能够确定极限在哪里。如果大家理解"不可能"与"不寻常"之间的差别,"违背自然规律的东西"与"不同于日常看法的东西"之间的差别,既不轻易相信也不轻易不信,他们就会遵循古希腊七贤之一开伦推荐的那条规则:"无物是多余的"。

他们不认识真,怎么又会屈从相似真的东西?他们不认识本质,怎么又会认识相似本质的东西?我们要么能够全面评论,要么完全不能评论。如果我们的智力和感觉没有基础和立足点,如果我们的智力和感觉只会随波逐流,随风而动,我们让自己的判断受它们的任何影响,不论这种影响在我们看来是怎么样的,这种判断会毫无意义。因而我们在理解上采取最可靠和最恰当的姿态是保持沉着、正直、不屈不挠、不摇摆、不激动。"真实的表面和虚假的表面,毫无区别都会影响判断。"（西塞罗）

事物并不以它们的形式和本质,也不以它们的自身力量和权威摄入我们的心目,这点我们看得很清楚。要是这样的话,我们就会用同样的方式接受它们。酒在病人的嘴里和在健康人的嘴里就会是一样的味道。手指皲裂或长风湿的人摸到木头或铁块,就会跟其他人一样感到坚硬。这样外部事物听任我们摆布,我们爱怎样看待就怎样看待。

如果我们自身接受事物而不加以歪曲,如果人的悟性大而坚定,可以自主地掌握真理,这种自主对人人都是一样的,那么这个真理就能辗转相传。不管天下有多少看法,至少有一种看法,在人看来是可以得到举世公认的。然而事实却是没有这样一种看法,哪种看法不是争论不休,歧义百出,这说明我们天生的判断不能明确抓住它抓住的东西。我们的判断也不能被我们的同伴的判断所接受,这又是一个明显的信号,我不是通过我本人和其他人心中具有的天然能力,而是通过其他能力才得到这个判断的。

我们每人对自身的无把握,更易显出我们的基础是多么不平稳。我们对事物的判断有多么不同？我们有多少次出尔反尔？我今天主张和相信的东西，确是出于我的全部信仰才这样主张和相信的。我全心全意坚持这样的看法，并可保证我的心意是诚诚恳恳的。我拥抱和维护任何真理不可能像这次灌注更多的精力。我全身心地投入，真诚地关注；但是我不是也曾不止一次，而是百次千次，天天拥抱其他真理，也是这么全心全意，也是这么诚诚恳恳，事后又都经我的判断说是错了吗？至少我们应该吃一堑长一智！

如果我经常受到表面现象的迷惑，如果我的试金石平时失效，我的天平失偏和不公正，我怎么能够证实这回是对的而其他回是错的呢？屡次三番受同一名向导的愚弄，这不是自己傻吗？就像命运使我们东西奔波，挪动了五百个地方，就像命运把我们的大脑当作一只罐子，不停地把各个看法装进去取出来，总是现在的最后的那个看法是可靠没错的。为了这个看法，我们必须牺牲财产、荣誉、生命、幸福和一切。

没有一种激情像发怒那样搅乱判断的公正性。哪个法官盛怒之下要判犯人有罪，都会毫不犹豫让他去尝死亡的滋味。那么为什么就允许父亲和教师在火头上鞭打和惩罚孩子呢？这不是令其悔改，而是报复。惩罚成了孩子的药物，但是医生怒气冲冲地对付病人，我们会容忍他这样做吗？

我们要做到知情达理，在怒火中烧时决不要揍打我们的仆人。当脉搏加快、心里有气时，把事情搁一搁再说。心平气和了，看事情就会是另一个样。不然操纵的是情绪，说话的是情绪，而不是我们自己。

带着情绪看错误会看得更大，就像透过浓雾看物体看不清楚。肚子饿的人需要的是肉，要进行惩罚的人不必要如饥似渴地惩罚。

我从自身经验体会到，内心的瞬间冲动与日常的稳定习惯两者相去甚远。我看到的是我们无所不能，甚至超过神性，如塞涅卡说的，人已对自己麻木不仁，而不是处于自己的原生状态；还把神的决心与信心掺和到人的愚蠢中去。

　　但这些是断断续续的。在这些古代英雄的生平中，有时带上神奇色彩，好像远远超出我们的自然力量。这是闪光的时刻。在崇高的情境下心灵会激越飞扬，要使之成为自然的日常状态，那是很难相信做得到的。我们只是血肉之躯，受到别人的言辞与榜样的鼓励，有时也会慷慨激昂，与平时相差很多。但是这是一种激情在推动和鼓舞我们的心灵，兴奋迷乱不能自已。但是这阵风暴过去后，我们看到它不知不觉就会松弛萎靡下来，即使不致低迷徘徊，至少有失风范；若在那时看到一只鸟飞走了，或一只玻璃杯打碎了，我们也会心情激动，差不多像个俗人了。

　　我认为一个有缺陷、不完善的人什么都能完成，就是做不到有条理、节制和坚持。

　　贤人说，为此要正确判断一个人，主要是观察他的平时行为，以及在无意中看到他的日常习惯。

　　我们的理念给事物定出价值，这从许多事情中都可以看出；我们不是看了事物，而是看了自己定出价位，那就不妨先看自己。我们不考虑它们的品质，它们的用途，而是我们得到它们所花的代价；仿佛这才是它们的实质，并不是把它们所具有的东西称为价值，而是把我们带给它们的东西称为价值。在这方面我承认我们对自己的付出很善于管理。付出多大，就当作多大的付出来使用。我们的理念从不让它白白流失。金刚钻的价值在于有人买，美德的价值在于实行难，虔诚的价值在于痛苦，而良药的价值在于难以下咽。

论死亡

　　死亡无疑是人生中最引人注目的事；当我们判断他人必死无疑时，必须注意到一件事，每个人都很难相信自己已经死到临头了。很少人会下决心接受这是他最后时刻而去死的，恰在这时我们最易受希望的欺骗和玩弄了。希望不停地在我们的耳边唠叨："别人病得更重也没有死啊；事情不像大家想的那样绝望吧；情况再坏上帝也创造过神迹的啊。"

　　发生这样的事是因为我们把自己看得太重。觉得世间万物必然会为我们的消亡而难过，对我们的状况动感情。尤其我们的视野改变了，感觉周围的事物也改变了；当视野到达不了事物时，认为视野中也就不存在事物了。就像海上的旅客，对他们来说高山、原野、城市、天和地也都跟着他们移动。

　　　　我们驶离海港，大地和城市往后退去。

　　　　　　　　　　　　　　　　　　　　　　——维吉尔

　　有谁见过哪位老人不赞扬过去的时光，不指责现在，不把自己的苦难与悲伤归咎于当前社会和人心不古？

我们看一切都从自己出发。

因而我们把自己的死亡看作大事，不会这么轻易降临，夜空也没有观测到异象。"自有诸神围绕一人忙碌。"（塞涅卡）我们愈想这件事愈觉得非同小可。怎么？这么多的学问消失了，造成那么大的损失，对众人命运毫无特殊的触动？一个万流景仰的表率死了就像死一个无用的俗类？这个生命保护着那么多生命，又有那么多生命依赖它，雇用了那么多人为他服务，占据了那么多位子，而今也像系于一发的生命那样一走了事了？

我们中间谁曾想清楚自己只是一个人而已。

一切事物随我们诞生而诞生，同样，一切事物随我们死亡而死亡。为一百年后我们不会活着的一切哭泣，犹如为一百年前我们不曾活过的一切哭泣，都是一样傻。死亡是另一种生命的开始。正如我们当年哭闹着到来，正如我们艰难地走进这个生命，正如我们进去时换下了以前的面纱。

凡事仅有一次也就无所谓痛苦。有什么理由为瞬息的事去担那么长久的忧？活得短与活得长在死亡面前都一样。对于不复存在的东西，长与短也不存在。亚里士多德说，希帕尼斯河上有些小动物只能活上一天。上午八点钟死的属于青春夭折，下午五点钟死的属于寿终正寝。把这段时间的幸与不幸斤斤计较，我们中间谁见了不会嘲笑？我们最长与最短的生命，若与永恒相比，或者跟山川、星辰、树林甚至某些动物相比，也是同样可笑。

事物这样紧密安排，我能为你作出任何改变吗？这是你诞生的条件，死亡也是你的一部分；你这是在躲避自己。你享受的人生对生与对死均是有份的。你诞生的第一天引导你走向死，也同样引导你走向生。

第一时刻提供生命，同时也侵蚀生命。

——塞涅卡

诞生时开始了死亡，根源中包含了终结。

——马尼利乌斯

你生活的一切，是从生命那里窃取的；你活着是对生命的侵害。你一生中不断营造的是死亡。当你在生命中，你也是在死亡中。当你不再活着时，你的死亡也过去了。

因此，你若更喜欢如此，在活过了以后再死吧。可是在生活中你是个垂死的人，垂死的人要比已死的人遭受死亡的冲击更严酷，更强烈，更本质。

你若得到过人生的好处，享尽了欢乐，那就心满意足地走吧。

为何不像酒足饭饱的宾客离开人生宴席？

——卢克莱修

你若不曾欢度人生，它对你没有用处，失去它又有什么要紧的呢？你留下又做什么用呢？

必然要失去的时间，一事无成的时间，
又何必苦苦去延长呢？

——卢克莱修

生命本身既不好也不坏；按照你给它什么位子才会有好坏之分。你若生活了一天，也就一切都看见了。一天与天天是相同的。没有其他的光，也没有其他的暗。这个太阳，这个月亮，这些星星，这样的排列，跟你的祖先欣赏到的一样，也将让你的后代同样欣赏。

你的生命不论在何地结束，总是整个儿留在了那里。生命的价值不在于岁月长短，而在于如何度过。有的人寿命很长，但内容很少；当你活着的时候要提防这一点。你活得是否有意义，这取决于你的意愿，不是岁数多少。你不停往哪儿走的地方，你可曾想过会走不到吗？何况条条道路都是有尽头的。

如果有人相伴可以给你安慰，世界不正是跟你并肩而行吗？

你的生命结束，万物跟随你死亡。

——卢克莱修

不是一切都随着你摇晃而摇晃吗？哪有什么不跟着你一起衰老的呢？成千上万的人、动物、其他生灵都在你死亡的一刻死亡：

既然身后无路，倒退又有什么用？你见过不少人很乐意死去，借此结束了莫大的苦难。但是不乐意死去的，你曾经见过吗？有的事你没亲自经历过，也没通过别人体验过，就加以谴责岂不是太天真了吗？你为什么要抱怨我和命运？我们错待你了吗？是你控制我们，还是我们控制你？你虽说年纪还不大，生命已经到了尽头。人小与人大都是一个完整的人。人及其生命都不是以尺子来丈量的。萨图恩是掌管时间与生命的神，儿子喀戎听了他介绍不死的条件后，断然拒绝永生。

死与生其实是一致的。我们不会因死而变成不同的人。我总是以生来解释死。如果有人跟我说某人死得很坚强，而活得很脆弱；我认为这也是他生命中原有的脆弱性造成的。

他依靠灵魂的力量，死得满不在乎，从容不迫。我们是不是可以说这样使他的德操黯然失色了呢？头脑里有点真正哲学思想的人中间，有谁会满足于想象苏格拉底遇到灾星，身陷囹圄，饱尝铁窗风味时仅仅是不害怕和不忧虑呢？有谁会不承认他既固执又坚定（这是他的日常态度），还有对自己最后的学说有一种新的满足和欣喜呢？当他在赐死前脱去镣铐时，他搔自己的双腿，高兴得心里发颤，他不是感到灵魂中有一种极度的愉悦，他终于摆脱了从前的艰辛，要去认识未来的事物么？小加图必须原谅我这样说，他死得很悲壮，而苏格拉底则死得更美丽。

苏格拉底死得令人惋惜，而阿里斯提卜对惋惜的人说："但愿神让我也有这样的死！"

对于大多数人来说，准备死亡肯定比感受死亡更折磨。从前有一位非常有见识的作家确实说过这样的话："想象比感受更影响我们的五官。"（昆体良）

死在眼前的这种感觉，有时使我们奋起，骤下决心不再躲避不可避免的事。古代有许多角斗士经过一场畏首畏尾的格斗后，却勇敢地接受死亡，向敌人伸出咽喉，请他用剑来刺。看着死亡来临，需要一种缓慢的也就是难得一见的坚定。

你若不知道死亡，不要担心；到时候大自然会教你怎么做，四平八稳；这件事该怎么做就会给你怎么做；不用你操劳。

我们为死操心扰乱了生，又为生操心扰乱了死。前者使我们烦，后者又使我们怕。我们做准备不是为了对抗死，这是太短暂的一件事。一刻钟无危害、无后果的苦难，不值得为之讲什么大道理。说实在的，我们做准备是对抗死的准备。

哲学敦促我们眼里要看到死亡，在时间到来以前要有预见与考虑，要我们根据规则与预防措施做到自己不被这个预见与想法所伤害。这岂不是医生的这种做法，先把我们弄病了，然后在我们身上表演他们的医术与使用他们的药物。如果我们不曾知道如何生，却教我们如何死，歪曲这一切的结局，这有欠公义，如果我们以前知道稳定平静地生，我们也会知道以同样方式去死。

他们可以随自己的心意夸夸其谈。"哲学家的一生是对死亡的默想。"（西塞罗）可是我认为死亡是生命的终结，不是目的。这是它的结局，它的极点，不是它的目标。生命应该有其自身的志向、意图。研究的正题是自律、自修与自足。安身立命这个总课题之中还包含其他许多必修课，其中就有这个理解死亡；原本是属于轻松的话题，如果我们不自扰来使它沉重的话。

既然在各人的想象中死亡多少都是痛苦的事，既然各人都还可以选择死亡的方式，让我们更深入试一试，找出一种摆脱任何不愉快的死亡方式。不是还可以像安东尼与克娄巴特拉两个同命鸳鸯那么缠绵动人？我不谈哲学与宗教所提到艰辛、堪为楷模的努力。但是还是到普通民众中间去找例子，如罗马的一个佩特罗尼乌斯和一个提吉里努斯，奉命自杀，舒舒服服准备就像上床安寝似的。他们有姑娘与朋友作伴，在平时悠闲的消遣中，让死亡悄悄到来。没有一句安慰，不提什么遗言，毫无慷慨激昂的应时感情，根本不谈未来的情景。但是玩游戏、宴饮、戏谑、家长里短闲聊、玩音乐和写情诗。我们不能抱着更为真诚的态度去模仿这样的决心吗？既然有的死法对愚者是好的，有的死法对智者是好的，就让我们找出对于处在智者与愚者之间的人的好方法。

既然死亡是必然的，我想象出一种我容易接受并还向往的方法。罗马暴君认为让罪犯选择自己的死亡就是给他生命。但是提奥弗拉斯特那么一位智慧的谦谦君子哲学家，也在理性逼迫下敢于说出这句被西塞罗译成拉丁语的诗：

> 支配我们人生的是命运，不是智慧。
>
> ——西塞罗

命运又如何帮助我这个人生挥洒自在，以致从此以后不需要别人，也不妨碍别人！

成千上万的牲畜与人宁可死，也胜过受威胁。其实我们说到对死亡的恐惧，主要是恐惧死前常会遭受的病痛。

然而，可以相信一位圣人的话，"死的痛苦全是死后带来的。"（圣奥古斯丁）而我说的话还更实在，就是死亡前与死亡后都不属于死亡。我们在为自己作错误的辩解。我从自身经验觉得，还不如说对死亡不可忍受的想象，才使我们对病痛难以忍受，还由于病痛包含死亡的威胁更使我们加倍的难过。但是理智责怪我们的怯懦，竟会害怕这么一个突如其来、无从躲避、无知无觉的事情，我们才去找出另外这个更可原谅的借口。

柏拉图在《法律篇》一书中主张，人人都是自己最亲近的朋友；谁既没受公众评论的压迫，也没受命运的可悲和不可避免的摧残，更没有遭到不可忍受的耻辱，而让胆小怕事，怯懦软弱，去剥夺那个最亲近的朋友的生命，切断岁月的延续，这样的人应该得到可耻的葬礼。

轻生的思想是可笑的。因为我们的存在才是我们的一切。除非另有一个更可贵、更丰富的存在，可以否定我们的存在；但是我们自我轻视，自我鄙薄是违反自然的；这是一种特殊的病，在任何其他生物中看不到这种相互憎恨、相互轻视的现象。

我们渴望脱胎换骨，做其他别的什么，同样是一种妄想。这种渴望正因为自相矛盾和无法实现，其结果也跟我们无关。谁渴望把自己改变成天使，并不会给自己带来什么，也不会使自己变得更好。因为，他自己已不存在，谁还对他的改变感到高兴和激动呢？

一个人要在社会生活中做个正人君子，必然受共同义务和无穷无尽清规戒律的约束;那些要躲避的人以我看来都是在过一种省心的日子,不论他们对自己进行多么严酷的约束。从某种意义来说,死亡是为了逃避好好生活的这个难题。他们可能有其他价值,但是我觉得他们从来没有克服困难的价值,在逆境中也不会做到在人世的汹涌波涛中屹然不动,光明正大地应付和完成个人担负的种种职责。

论痛苦

　　不难看到刺激我们内心痛苦与肉欲的是精神的尖刺。动物的精神是封闭的，由身体来表达它们自由与直接的感觉，因而从它们行动的相似性中看到，差不多每个兽种都是一致的。

　　如果我们不去干扰，让肢体来自由地支配自己，可以相信我们处境会更好些，大自然会让它们对痛苦与肉欲有一种适度正确的脾性。

　　大自然对一切一视同仁，也就不会不恰如其分。可是由于我们已经脱离了自然的规范，任凭自己的想象力恣意妄为，至少让我们自救，把想象力朝向愉悦方面发挥。

　　柏拉图担心我们陷入痛苦与肉欲而不能自拔，从而把心灵束缚得不能动弹。而我有相反的看法，这会使肉体与心灵两下分离。

　　这样就像敌人见我们逃跑变得更嚣张，痛苦看到我们不寒而栗也更猖狂。谁迎着它不服输，就会压下它的气焰。必须奋起反抗。畏惧退缩，反而受到威胁招致毁灭。身体绷紧了更勇敢抵挡冲突，心灵也是如此。

最薄最细的刀口割肉最快，就像小字体最伤眼睛，因而鸡毛蒜皮带来的气最容易放在心里。大伤害不管怎么大，也都不及日积月累的小伤害那么令人记恨。这些家庭荆棘愈长、愈密、愈硬，不动声色地，冷不防地会轻易刺上我们，扎在肉里很深。

我非圣贤；我伤害愈重愈沮丧，有形式的重，也有内容的重，有时还是最重的。我比一般人更了解痛苦，所以更有耐性。总之，它们就是不使我受伤，也给我打击。人生是脆弱的，容易飘摇凋零。自从我面孔转向忧伤以来，"当人开始受到外界的推动，再也由不得自己"（塞涅卡），不管使我生气的原因多么愚蠢，我的脾气都会向这个方向发展，此后自行滋生与激化，新冤旧恨愈积愈深，盘踞在心头不得释怀。

有的痛苦，仅仅只是触及灵魂，对我来说就不像大多数人那么难受；部分出于心理看法（因为世人认为有的事情非常可怕，不惜失去生命也要避开，而我对这些事几乎无动于衷），部分出于意识，对于不是直接伤害我的事情冥顽不灵；我认为这种意识是我天性中最好的组成部分。但是肉体的痛苦则是实在的，我对此特别敏感。在我风华正茂的年代，上帝使我长期享受幸福的健康和安逸，从而预感到痛苦便会软弱胆怯，在想象中简直不堪忍受，因而实际上往往害怕多于受伤害。这件事使我愈来愈相信，我们灵魂中的大部分天赋，在使用中经常是扰乱生活的安宁，而不是促成生活的安宁。

处在紧要关头，还要我们在行为上瞻前顾后，这是残酷。如果心里舒坦、表情难看也没有什么关系。如果肉体在呻吟时减轻痛苦……就让它呻吟；如果身子高兴颤动，就让它爱怎么旋转就怎么旋转。如果高声怪叫会让痛苦像烟雾似的散去（如医生说这帮助孕妇顺利分娩），或者可以转移苦恼，就让他喊个够。不要命令声音如何如何，但是要允许它如何如何。伊壁鸠鲁不但同意，还劝说他的贤人有苦恼就叫。"角斗士扬起护手皮套要出击时，嘴里也哼哼哈哈的，因为叫喊时全身肌肉绷紧，打出去的拳头更有力量。"（西塞罗）

痛苦本身已够我们忙的了，不用再去忙那些多余的规则。

痛苦到了极点，必然会搅动我们整个心灵，夺去它的一切活力，就像我们刚听到一个非常不幸的消息会魂飞魄散，瞠目结舌，动弹不得，只有痛哭流涕、大声喊冤以后，才会回过魂来，静心敛神好好思考。

痛苦终于哭出了声音。

——维吉尔

费迪南一世国王在布达附近,讨伐匈牙利已故国王约翰的遗孀一役中,德国统帅雷斯西亚克看到运来一具骑兵的尸体,由于大家曾见过他在战斗中异常英勇,也就跟着众人一起哀悼。但是他和其他人同样好奇,脱去死者的甲胄以后,发现这是他的儿子。在大家的哀号声中,只有他站着不出一声,不掉一滴眼泪,双目直视,愣愣地盯着他看,直至悲痛使他热血凝固,直挺挺倒在地上死去。

只有疼痛而无其他危害的病,我们都说是不碍事的;牙痛、风湿痛不管怎样痛,只要不危及生命,谁把它看成是病呢?那就让我们假设,我们在死亡中看到的主要是疼痛。就像贫困使人害怕的,也只是一旦摆脱不了贫困,就会受饥渴、冷热、难眠之苦。

那么让我们只谈疼痛。把疼痛看作是人生最大的祸害,我是太乐意了;因为世界上没有一个人像我那么害怕疼痛,逃避疼痛。到现在为止,感谢上帝!——还没有大病大痛过。但是病痛还是在我们身内,即便不能消除它,至少通过隐忍去减轻它。当肉体受苦时,让心灵与理智保持刚毅。

如果不这样,我们之间还会有谁去崇尚德行、勇敢、力量、宽宏和决心?如果不去挑战疼痛,这些品质又在哪里得到展示?"勇敢者渴求危险"(塞涅卡)如果不需要露宿野地,全身披挂忍受中午的烈日,吃驴马肉充饥,看到自己遍体鳞伤,从骨头里取出子弹,忍受缝合、烧灼、用导管之苦,又从哪里去培养超过凡人的优良品质呢？

　　贤人的教诲就是不要躲避坏事与痛苦，那些有益的事情中愈是艰难的愈值得去做。"寻欢作乐、声色犬马是轻浮的伙伴，与它们为伍其实并不快活；处于逆境坚定平静，经常更为幸福。"（西塞罗）

　　我要说的是，如果思想单纯引导我们走向无病痛，那是引导我们走向一个对人来说的美好境界。

　　可是决不要把这种无病痛想象得非常沉重：对什么都不感兴趣。如果伊壁鸠鲁的无病痛思想基础被说得那么玄乎，病痛既不会来自外界，也不会生自内心，那么克朗道尔反对伊壁鸠鲁的无病痛论是很有道理的。这种无病痛论既不可能也不可喜，在我是不会去赞扬的。我很高兴不生病；但是，我若病了，我愿意知道我是病了；有人给我烧灼或开刀，我愿意有感觉。说实在的，若使病痛的感觉消失，欢乐的感觉也会消失，最后也会把人毁了："心灵的残酷、肉身的麻木，才会换来这种无知无觉。"（西塞罗）

　　病痛有时对人是有好处的。人不可能总是躲着痛苦，也不可能总是追求欢乐。

　　当学问无法使我们挺起胸膛抵挡病痛的压力时，也会把我们投入无知的怀抱，这也是无知的一大荣耀；学问不得不出此下策，由着我们自生自灭，不再来援助我们，让我们躲在无知的卵翼下避开命运的鞭挞和凌辱。

论谎言

　　说谎是一种奇耻大辱，一位古人描述自己说谎深感惭愧时，就是在证明自己轻视上帝和同时又害怕人。这话把说谎的可恶、无耻与反常说得最透彻了。因为还有什么事比算计人与挑衅上帝更恶劣呢？人与人的沟通都是借语言这条唯一的途径来进行的。谁说假话，就是对公众交往的背叛。这是我们的意愿与思想交流的唯一工具，我们的心灵的媒介。它若背离我们，我们就无法共事，无法相识。它若欺骗我们，会破坏我们一切来往，切断社会一切联系。

　　在新印度的某些民族（名字提出来又有什么用，因为它们已不复存在；这场骇人听闻的征服后留下一片赤地，连地名与旧时标志都被彻底毁灭），用人血祭他们的神祇，但是只在舌头和耳朵上抽血，以此补赎谎言的罪过，不论是听来的还是自己说的。

　　那位风趣的希腊人说，孩子玩弄骨头，大人玩弄语言。

　　有人说谁觉得自己记忆不够好，那就不要去撒谎，这话不是没有道理的。我知道语法学家对"说的不是真话"与"说谎"是有区别的；还说"说的不是真话"指说的是一件假事，但说的人把它当作了真事；而"说谎"这个词的定义在拉丁语（法语源自拉丁语）中，还含有"违背良心"的意思，因而只是指"说话违背自己所知之事的人"，我说的是这样的人。所以这里谈到的人是那些编造部分或全部故事的人；或者隐瞒和歪曲真相的人。当他们隐瞒和歪曲什么时，那就让他们把同样的事说上几遍，这样不露出马脚是很难的，因为事实先入为主留在了记忆里，通过意识与认知在脑海中留下印记；而假事在脑海中是留不住的。当你每次要重复一桩事时，当初得知的真情在脑海中不断地流过，很难不把那些伪造、虚假或硬凑的事逐渐冲刷掉。

我见过有些人没头没脑地、奋勇地进入竞技场，奔跑中慢了下来。如普鲁塔克所说的，有人由于做了见不得人的坏事，心虚，不论人家要什么，有求必应，事后又随便食言，赖个干净；同样的，轻易加入争吵的人也会轻易退出争吵。同样一件难事，会让我望而却步，当我激动和发热时又会挑动我去干。这是一种坏习惯，因为一旦你沾上手，你必须干到底或者自己垮掉。贝亚斯说："接手时随随便便，但是干起来风风火火。"缺乏谨慎会变得缺乏勇气，后者更不可忍受。

今日我们解决纷争的办法大多数很不光彩，充满谎言；我们寻求的是保全面子，于是背叛和掩饰真正的意图。我们掩盖真相;我们知道自己是怎么说过的,是什么用意,在场的人也都知道,我们要我们的朋友感到我们的优势。我们隐瞒自己的想法,为了达成协议靠虚伪去拣便宜,这损害了我们的坦诚和光明磊落的名声。为了挽回我们作出的否定,我们又一次否定自己。这不应该光看你的行动或你的言辞有没有另外解释;此后不管要你付出多大代价应该维持你的真正诚意的解释。人家在对着你的品德、对着你的良心说话,这两样东西是戴不上假面具的。让那些卑劣手段和权宜之计应用在法庭诉讼中吧。

我看到为了弥补不当行为天天有人道歉与谢罪,而我觉得这些道歉与谢罪比不当行为本身还要丑恶。宁可再羞辱对手一次,也比向他作出这样的弥补来羞辱自己好。你在火头上顶撞了他,恢复冷静与理智后又去安抚他、讨好他,这样你后退的比前进的还多。我认为一位贵族不论说什么坏话,也不及他在强权的逼迫下否定前言那么可耻。一位贵族固执己见要比胆小怕死更可原谅。

高尚的人不应该口是心非,他愿意让人看到心灵深处。一切都光明正大,至少一切都非常人性。

亚里士多德认为心灵高尚就是爱憎分明,评论与说话开诚布公,为了真理不计较别人的赞成与反对。

阿珀洛尼厄斯说,奴隶才说假话,自由民要说真话。

这是第一和基本的美德。我们必须因为它是美德而爱它。

谁若是因受义务与利益的驱使而说真话，谁若因为与人无碍而不怕说假话，这还不够是个真正老实人。我的心灵结构容不下谎话，而且想到还厌恶。

有时，当我猝不及防，必须不假思索作出反应时，我还是会说谎的，事后我会感到强烈的羞耻和内疚。

这并不是说要把一切和盘托出，这样做就傻了；但是说出来的话要符合一个人的想法，不然就是恶意欺骗了。我不明白有人成天弄虚作假、巧言令色图的是什么，除了到头来就是说真话也没有人会相信。骗人只可能一次或两次。但是像我们的某些君王把说假话与说大话当做家常便饭——（就像古代马其顿人麦特鲁斯说的）假若他们的衬衣探知他们的真实意图，也会被他们扔进火里；还有谁不弄虚作假谁就不会统治——这岂不是在告诉与他们打交道的人，他们所说的都只是假话与谎话而已。

"人若没有诚信的声誉，愈精明能干，愈可憎可疑。"（西塞罗）有人自夸可做到表里不一，像提比略一样，谁要是轻信他的表情与说话，那未免过于天真。我不知道这样的人在跟人打交道时，说的话都算不得准的，又能得到什么呢。

谁对真理不忠，也会对谎言不忠。

谁都难免说傻话，可悲的是还说得很起劲。

　　他花大力气去说大傻话。

——泰伦提乌斯

我经常见到这样的事，有意思的是吃亏的总是那些以花言巧语为常事的人，他们说话随机应变，时而要做成在谈判的生意,时而要取悦在说话的大人物。他们让自己的信仰与良心服务于千变万化的情境,语言也时时不同;同一件东西,他们可以一会儿说黑,一会儿又说白;人前人后两面三刀;把这些人相互矛盾的说法加以比较,这类花招又会怎样呢?且不说他们经常陷入混乱;他们自己在同一件事上编造了那么多不同的情节,要有怎么样的记忆才能记住它们?我看到现时有许多人羡慕这种小心谨慎的声誉,他们不会认为是徒有虚名。

说谎确是一个令人痛恨的恶习。我们只是有了语言才成了人,相互维系不散。如果对说谎的可恶可怕有所认识,就要对它比对其他罪行更加猛烈谴责。我觉得我们平时对小孩无所谓的错误随意给予很不适当的惩罚,对他们并不造成后果的一时鲁莽横加折磨。说谎本身,稍轻一些的还有顽固,我觉得这些事都必须随时防止其产生与发展。这些缺点会跟着他们成长。一旦说话不诚实,革除这个习惯就会难得出奇。因此我们看到一些正直人也会积习难返。我的一名青年裁缝,人还不错,就是我从没听见他说过一句真话,即使对他有好处的真话也不说。

假若谎言跟真理一样,只有一张面孔,我们的关系就会好处理多了。因为我们就可把与谎言相对立的话看成是正面的。但是真理的反面有千万张面孔和无限的范围。

毕达哥拉斯派说善是确定的和有限的,而恶是不确定的和无限的。走到目标的道路只有一条,走不到目标的道路有千条。但是依靠厚颜无耻和信誓旦旦的谎言,即使会躲过一场明显的大灾难,我也不敢保证自己会说得出来。

从前一位神父说,跟一条熟悉的狗也比跟一个语言不通的人在一起好。"陌生人不被别人当作人。"(普林尼)假话远比沉默更难与人交往。

真情与谎言的面目是相同的,它们的穿着、爱好与举止也是相似的;我们也用同样的目光看它们。我觉得我们不但在防止自己被欺骗上表现怯懦,而且还鼓励和有心反复这样去做。我们就是爱纠缠在虚妄的感情中,好像这才符合人的本质。

我见过当代不少神迹的出现。虽然它们即生即灭,我们还是从中可以预见它们若能过完天年会有怎样的历程。因为只要抓住了线头,就可一直放线。世上的事就是这样,从无到最小事的距离,要超过从最小事到最大事的距离。

最初听信神迹雏形的人,到处去宣扬他们的故事,遇到抵制,意识到哪部分要说服人会有困难,于是在这部分虚构一些事去补充。此外,"人天生就爱传播谣言"(李维),我们不把自己听到的事兴致勃勃添枝加叶,就必然觉得过意不去。个人的错误首先形成大众的错误,大众的错误反过来又形成个人的错误。整个事件就是这样辗转相传形成的,充实的,流传的;以致最远的见证人比最近的见证人听到的消息更多,最后听到的人比最早听到的人更深信不疑。

这是个自然进程。因为对此有点信仰的人认为相信别人是件善事,一点不忌讳自己加了点什么,还看作这是他份内必须做的事,打消他认为别人想法中或许有的疑惑和迷茫。

论胆怯与勇气

我常听人说胆怯是残暴的根由。

根据切身体会，我觉得这种伤天害理的暴虐每每伴有女性的软弱。我见过一些人心狠手辣，却动辄为了一些无聊的小事痛哭流涕。

菲里暴君亚历山大不能上剧院看悲剧，害怕演至赫卡柏和安德罗玛克遇害时，让臣民听到他发出呻吟与叹息，然而他天天毫不怜悯地下令残杀多少人！他们这样容易走向各种极端是不是心灵有缺陷呢？

看到敌人可由我们摆布时，一个人的英勇也到此为止了（英勇只有表现在遇到抵抗的时候）。

在我们这个时代也有许多例子，大人甚至孩子害怕些许的挫折就不惜一死。对于这样的事，一位古人说："懦夫选择作为避难所的地方我们也怕，那还有什么我们不怕的呢？"

不同性别、不同学派中间都有各种各样的人，在较为太平的年代平静等待或者有意寻找死亡，寻找不但是为了逃避今生的痛苦，还为了逃避今生的满足；还有人希望来生过得更加美满，对这样的人我是说也说不完的。因为比比皆是，说实在的我还不如轻轻松松给贪生怕死的人列个清单呢。

且说哲学家皮浪，有一天在船上遇到大风浪，对周围最惊慌的人指出，并鼓励他们要以船上的一头猪为榜样，它毫不在乎风吹雨打。所以敢不敢说我们那么自豪和尊敬的理智，自夸有了它成为万物之灵、众生之王，其优点就是让我们在心中产生恐惧吗？事物不认识时内心恬静安宁，认识后会惊慌失措，使我们的处境比皮浪的猪还糟糕，那又何必去认识呢？我们获取知识是为了谋求更大的利益，而今用来违背自然法则和打乱宇宙秩序，岂不是在毁灭自己吗？宇宙秩序是要每个人利用自身的工具与手段得到福祉。

我们常说："他会后悔的。"就因为我们在他的脑袋上轰了一枪，他就后悔了么？相反，要是我们加以注意，就会看到他跌倒时在轻蔑地撇嘴。他只是没法再跟我们作对了，这离后悔还很远。让他毫无感觉地迅速死去，这是我们给予他一生中最大的恩惠。我们要像狡兔似的东躲西藏，逃脱法官的跟踪追击，而他却已在休息了。杀他是避免他今后对人的伤害，不能报复他已造成的伤害。这样一种行为是害怕多于无畏，谨慎多于勇气，防卫多于进攻。显然我们这样做背离了复仇的真正目的，有损于我们的名声；我们只是害怕他若活在人世，也会照样对付我们的。

你把他解决了，不是对付他，而是为你自己。

如果我们想在武功上永远压倒敌人，对他们恣意妄为，这时他们一死了之不受我们的控制了，我们就会感到很失落。我们要征服，但是要稳稳当当地，不见得要光明正大地。在争端中追求结果更多于追求荣誉。

阿西尼乌斯·波利奥是个正人君子，却犯了类似的错误：他写了几篇文章痛骂普兰库斯，却要等到他死后再发表。这哪里是在惹他气恼，而是在向瞎子做猥亵动作，向聋子说难听的话，刺激一个没有知觉的人。所以有人提到他时说只有精灵才跟死鬼扭打。等到作者死后才去批驳他的文章，这个人除了说明自己软弱与生闲气以外还能是什么呢？

亚里士多德听到有人在说他坏话，他说："让他骂得更凶，让他用鞭子抽我，只要我不在场就行。"

我们的祖先遇到侮辱只是反驳，遇到反驳只是还击，都是有尺度的。他们非常豪迈，不怕受辱的敌人活着对他们怎么样。我们看到敌人好好活着就心惊胆战。这样形成我们今天荒谬的做法，对伤害过我们的人与被我们伤害过的人不都是同样紧追不舍，要置于死地么？

是不是可以说,动恻隐之心是和气、温良或软弱的表现,因而那些天性柔弱的人,如妇女、儿童和庸人,更易陷入这种情态;而蔑视眼泪与哀求,只认为美德凛凛然不可侵犯,这才是崇高坚强的灵魂的体现,对不屈不挠的大丈夫行为怀有的爱戴与钦佩。

决心和坚定的法则,并不是说在能力范围内不应该进行自我保护,避开威胁我们的坏事和麻烦,也不是不用怕它们突然降临我们头上。相反地,任何光明正大保护自己不受侵犯的手段不仅是允许的,还应该予以赞扬的。讲究坚定,主要是耐心忍受那些对之无可奈何的不幸,从而利用身体的灵活,挥舞手中的武器,若能保护自己不受袭击,都是好的。

害怕有时是缺乏判断,也是缺乏勇气所引起来的。我面临一切危险时,总能正视面对,眼界宽阔,清晰,完整。况且害怕也需要有点勇气。与其他相比,有一次是勇气帮助我有条有理地思索和安排逃离方法,逃离时不是不怕,而是不慌不忙;逃离是激动的,但不是晕头转向,气急败坏。

心灵伟大的人做一切都出色,他们逃离时不但镇定自若,还表现出一身豪气。且看亚西比得谈到他的战友苏格拉底的撤退。他说:"我们的军队溃退后,我在最后的撤退者中间看到了他,他和拉凯斯一起;我从容不迫、不受干扰地观察他,因为我骑在一匹骏马上,而他步行,我们作战时也是这样。我首先注意到他跟拉凯斯相比显得多么有主意、果断。还有他昂首阔步跟平时没有什么两样,他目光坚定沉着,洞察周围一切,时而瞧着战友,时而瞧着敌人,对战友传达鼓励之意,对敌人则表示了谁敢要他的命,必将付出惨重的代价,他也因此得以脱身,因为谁也不愿攻击这样的人,大家只是对惊慌失措的人穷追不休。"

以上是这位大将军的证词,告诉我们一个日常的道理,魂不附身地只想落荒而逃,反而会让我们陷入危险的境地。"愈不怕愈没有危险。"(李维)我们这里的人认为谁表示他梦见了死或者预见到死,这是他怕死;这样说是不对的。预见可以同样用于发生在我们身上的好事与坏事。对危险进行考虑与判断跟惊慌是完全不同的。

论意志

　　人的心灵糊里糊涂，看不透事情，坏事没有把它们害个够，就认为交上了好运。这也是一种精神麻风病，气色健康，即使哲学对这种健康也一点不小看。但是这也不是要把这个称为智慧的理由，像我们常做的那样。有位古人以此嘲笑第欧根尼，要在严冬三寒天，赤身裸体去拥抱一个雪人，考验自己的耐力。那个人遇到他时正处于这个状态。于是问："这个时候你冷得很吧？"第欧根尼回答说："一点不冷。"那人又说："既然不冷，那你这样抱着怎么算是高难度的示范动作呢？"为了检验恒心，必须学会吃苦头。

　　但是，心灵要受到命运千辛万苦、艰苦卓绝的折磨，要依照人生中原有的严酷与沉重来衡量和体验，那就要利用人生艺术不去深究其原因，避开其锋芒。柯蒂斯国王就是这样做的；有人向他献上一套华美贵重的餐具，他给予厚赏；但是这套餐具实在脆薄易碎，他立即自行把它们打破，趁早别让自己动辄为此事跟仆人发脾气。

我们无法超越自己的能力与手段去遵守诺言。在这方面，结果与做法完全不为我们掌控时，我们所能掌控的就只有自己的意志了。人的一切责任与规则也就有必要建立在意志上。

愁眉苦脸的人，易发脾气的人，我躲之唯恐不及，像见了瘟疫病人一样；对于不能无私和坦然对待的言论，若不为职责所逼，我也不参与。"开始就不做比中途停下不做要省心得多。"（塞涅卡）最可靠的方式是未雨绸缪，事前防备。

我自然知道有的贤哲走另一条道路，他们不怕同时遇到许多事去面对和解决其中的要害问题。这些人自信有力量，依靠它抵挡一切来犯之敌，以毅力与耐性跟逆运搏斗：

> 犹如大海中的一块巨石，
>
> 面对狂风怒涛，
>
> 不怕白浪滔天，风吹雨打，
>
> 宛自屹然不动……

——维吉尔

我们不要搬弄这些例子；我们永远望尘莫及。他们执意要看个究竟，不会为国家的毁灭而心烦意乱，因为这掌握和控制着他们的整个意志。我们这些普通人，承受不了这样的力量与严酷。小加图为此放弃了他无比高尚的一生。对于我们这些小人物，暴风雨应该远远躲开。我们必须敏感，而不是忍耐，避开我们不知抵御的打击。

谁不张口结舌对君王的恩宠有所求,看作是生命中不可或缺的东西,那么看到他们面貌冷淡,接待怠慢,心思变化无常,也就不会太介意。谁不甘心为人奴似的溺爱儿女和追求名利,那么失去后也不会生活不自在。谁做好事主要为了自我满足,那么看到人家诋毁他的行为,攻击他的善举也就不会困扰。有点儿耐性这些烦恼都是可以消除的。

　　我用这个药方效果就很好,烦恼一冒头就把它轻易化解,从而觉得避过了许多劳苦与困难。激情初起时只费一点力就可予以制止,问题开始感到棘手还未折腾我以前便抛下不顾。起跑止不住,奔跑也就停不下。不知道把它们拒之门外,以后也难把它们赶出门外。不能赢在开头也就不能赢在最后。控制不了晃动也止住不了坠落。"人一脱离理智,情欲就自由漂流;人性的弱点自以为是,鲁莽地进入大海深处,再也找不到避风港栖身。"(西塞罗)我及时感到微风吹入心中进行试探,发出声响——这是暴风雨的朕兆:"心灵早在征服以前便已动摇。"(佚名)

论公义与私利

　　我们的制度,不论在公共领域和私人领域,处处都不完美。但是自然中没有无用的东西,即使无用的也有用,这个宇宙中的万物息息相关,无不有其位子。我们人身则由病态的品性黏合而成的。野心、嫉妒、羡慕、报复、迷信、失望,在我们身上与生俱来,难以改变,也可从野兽身上看到其影子。残忍性——这个违反自然的恶行——也如此。因此,我们看到其他人受苦,内心不但不表同情,还会产生一种我说不出来的幸灾乐祸的快感;连孩子也体会得到。

> 大海中白浪滔天,
> 生死挣扎的观赏者在岸边。
>
> ——卢克莱修

　　谁能从人身上消除这些品质的种子,也摧毁了我们人生的基本条件,同样在我们的制度中,有一些必要的职能,不但是恶劣的,还是罪恶的。这些罪恶有它们的位子,还竭力在弥合我们的关系,就像我们的健康要靠毒药维持。尤其这些罪恶对我们是必要的，共同的需要也就抹去它们的实质，从而也变得情有可原了。这样的事还应该让更有魄力、更无畏的公民去做，他们牺牲了荣誉与良心，就像有些古人牺牲生命去拯救自己的国家。我们这些弱者，还是去扮演一些更轻松、更少风险的角色。公众利益需要有人去背叛，去撒谎，去屠杀，我们不该叫那些较听话、较懦弱的人去担当如此重任。

出于个人利益与情欲所产生的刻骨仇恨不应该称为"责任"（我们天天在这样做），一种背叛阴险的行为不应该称为"勇气"。他们把自己邪恶暴烈的天性称为"热诚"；使他们心热的不是事业，而是他们的利益；他们煽动战争不是因为这是正义的，就是因为要战争。

在把对方看做敌人的人之间，完全可以做到合情合理、光明正大。你也要带着感情对待他们，即使不能平等对待（因为这方面程度上会有所不同），至少要温和对待。对于一个向你要求一切的人也不必悉数照付，对于他们适度的感谢也可以心满意足，可在混水里蹚过，但不要在混水里摸鱼。

全力为双方效劳的另一种方法，在于多凭良心，不是在于多加小心。双方都对你提供同样的礼遇，你为一方背叛另一方，另一方难道不知道你今后也会对他做同样的事吗？一方就会把你当做小人。他听着你时，就在算计利用你的不忠为他谋利。因为两面派的用处是会给他们带来什么；但是利用的人也会尽量防着不让他们带走什么。

我对一方不能说的话,不会找个适应时机,变换一下腔调,对另一方去说。我只转述毫无区别或共知的事,或者对双方都有利的事。凡是有用的事我不用向他们说谎。交待我保密的事,我都深藏心底,但是也尽量少去沾边。君王的秘密对于知道了也无用的人来说,要保守也是很麻烦的事。我很乐意做这样的交易,我不好讲出去的事尽量跟我少讲,我向他们讲出去的事大着胆子去相信。结果我知道的事总比我要知道的多。

自己说话坦率也使别人坦率说话,把心事和盘托出,犹如酒与爱情。

莱西马库国王问菲力彼代斯:"我的财富中,你要我给的是什么?"菲力彼代斯聪明地回答:"随便你给什么,只要不是你的秘密就好。"受人之托,又不被人告知事情的底细,或还隐瞒着某些背后的意义,我注意到谁都会不高兴。而我,人家除了要我做的事以外什么都不跟我说,反而会很高兴,我不要求知道太多,妨碍说话。如果我必须当作欺骗工具,至少不要抹煞良心。我不愿意被人看作是个死心塌地的奴才,可以指使我去出卖别人。谁对自己不忠,也会原谅自己去对主人不忠。

有人对我的人生宗旨不以为然，说我所谓的坦率、真诚和单纯，无非是策略与手段，其中谨慎多于善意，卖乖多于本性，良知多于好运，不会让我受累，更会给我增荣。但是说真的，他们把我的狡黠说得过于狡黠了。任何仔细观察我、注意我的人，若不承认他们的学派中没有一条规则，可以让人在这曲折复杂的世道上做得这么自然，保持一种始终如一、不折不挠的自由与洒脱，自己就是用努力与机智也达到不了这一境地，那我就心甘情愿让他当胜利者。

真理的道路是单一的、单纯的，在公事上谋私利、投机取巧的道路是双重性的、非法的、充满不测因素。我在生活中经常看到这些装模作样的自由自在，绝大多数都不成功。让人觉得就像伊索寓言中的那头驴子，为了跟狗争宠，竟然撒娇把两条前腿搁到主人肩上；狗这样表示亲昵会得到抚摸，可怜的驴子这样换来两倍的棍棒。"最适合各人的东西也是最符合天性的东西。"（西塞罗）

我不否认欺骗也有其用途，不然就会对人世产生误解，我知道欺骗经常也可以成全好事，人的大部分天职是靠欺骗维持与培育的。世上有合法的罪恶，就像有许多良好的或可以原谅的行动，但是非法的。

自然界、宇宙间有其本身的法规，其运用不同于、也更高尚于那种服从于制度需要而特殊制订的国家法规。"对于真正的法与完美的司法，我们并不掌握其坚实正确的模式；我们只是在实施中捕捉到一点影子和图形而已。"（西塞罗）以致印度哲人丹达米斯听了人家讲述苏格拉底、毕达哥拉斯、第欧根尼的生平后，认为他们在什么方面都是大人物，但是对法律过于毕恭毕敬；为了同意和辅助法律，真正的道德不得不失去原有的许多活力；不论在法律的允许下，还是在法律的怂恿下，许多坏事都做了出来："有些罪行是经元老院批准和平民会议通过后再犯的。"（塞涅卡）

我使用大众语言，把功利的东西与诚实的东西区分开来；而大众语言却把一些不但有用而且必需的天然行为，称为不诚实和肮脏的。

斯巴达人被安提帕特打败以后，即将签订协定时说："你们可以随心所欲命令我们干有伤身体的重活苦活；但是要我们去做可耻、不诚实的勾当，那是在白费时间。"一位正人君子完全可以说这样的话。

埃及国王要法官庄严宣誓："不论什么命令，即使是国王下的，他们在执行时不要偏离自己的良心。"每个人对自己也应起这样的誓言。执行这样的任务，显然充满耻辱，被人唾弃；谁要你做，其实是指控你，你必须明白，要你这样做是给你负担，让你为难。你把这些公事办得愈是出色,你的私事就愈是糟糕。你做得愈好,你闯的祸愈大。让你这样去做的这个人也会为此责怪你,这也不是什么新鲜事,或者看来也没什么不公正。在特定的情况下,背信弃义可以看作是可以原谅的,那也只是用来去惩罚和背叛背信弃义的人。

　　还有不少背叛行为,不但被背叛的受益者否定,还遭到他们的惩罚。谁不知道法布里西乌斯对皮洛士的医生的制裁①?但是也有这样的情况,某人下了命令以后,又严厉惩罚那个他用以执行命令的人,否认他曾允许这样滥用权力,要人俯首帖耳、唯唯诺诺去做这么一件卑鄙的事。

　　从功利性出发,很难辩说一个行动的诚实与高尚。这个行动若是功利性的,那也难下结论认为每个人都有义务去做,对每个人都是诚实的:

　　　　不是什么事都一律适合每个人。

——普罗佩提乌斯

　　若选择人类社会最需要和最有用的一件事,那就是结婚。然而圣徒们则认为不结婚更纯洁,从而排除人的最应该尊重的天职,这就像我们只是把劣马送进了种马场。

　　内战经常制造这类不光彩的事。当我们摇身一变以后,又去惩罚那些原来信任我们的人。同一位法官自己改变主意，却把处分转嫁到无能为力的人身上。师傅鞭打听话的徒弟，带路人鞭打瞎眼的主人。多么可怕的公正面目！哲学中有些规则是错误和站不住脚的。有人给我们举的例子，为了让私利高于公义，添加了一些情景也未能具有足够的说服力。盗贼把你逮住，要你起誓付出一定赎金后放了你，若说一位正派人因已脱离他们的魔掌，不用付赎金也是信守了自己的诺言，这话是不对的。

因为事情并非如此。害怕时作出的诺言，不害怕时也有责任履行。即使害怕逼得我口是心非，我还是有责任让我说的话始终如一。对我来说，有时说话过于轻率，走在思想前面，因此予以否认就会良心不安。不然，我们就会逐步剥夺他人从我们的诺言与誓愿中得到的一切权利。"仿佛正直的人也需要强迫命令。"（西塞罗）如果我们作出的诺言是恶的和不公正的，个人的利益才有权力原谅我们不去履行。因为美德的权利应该超越义务的权利。

过去我把伊巴密浓达看成是第一流的俊彦人物，自后没有改变看法。他重视个人职责，实非常人所能及！他从不杀害俘虏；为了国家自由这个至高无上的义务，他下手诛戮了一个暴君和他的党徒，但因没有经过司法程序而感到有愧；他认为一个人不管是多么好的公民，在敌人中间、在战场上作战对朋友和客人手下无情，就不是个好人。他有一颗丰富的心灵！他在世上最严酷暴烈的行为中从不放弃善良与人道的做法，也即是哲学探索中最博大精深的部分。他对待痛苦、死亡与贫困的态度英勇豪迈，坚忍不拔，不知是天性还是修养，使他的性格达到如此质朴敦厚？

他在铁与血的战场上如凶神恶煞,屡战屡胜的斯巴达民族只是遇上他才遭到了灭顶之灾,在鏖战正酣时他会旋转身避开他的朋友与客人。说真的,在大家杀得昏天黑地,眼睛发红,口吐白沫时,会给战斗这匹野马套上口嚼子,压一压煞气,这才是善于驾御战争的将才。

---

① 皮洛士的医生向罗马执政官法布里西乌斯献计,由他毒死皮洛士,反被法布里西乌斯拒绝而受到惩罚。

论友谊

　　我知道,友谊的纽带长得可以绕地球一周,把我们串连一起。尤其是这种友谊有来有往交流不断,使人义务与记忆常新。斯多葛派说得好,贤人之间关系如此密切,在法国吃饭的人也可以向在埃及的朋友敬菜;谁只要伸出手指不论指向哪方,地球居地上的贤人都觉得受了帮助。

　　快乐与占有主要是属于想象的。要得到的东西比摸在手里的东西使我们想象更热烈、更持久不断。算一算每天的开心事,会看到朋友在你身边时你最不在乎他,他的在场使你的注意力放松,思想自由,也就一有机会随时随刻会溜号。

　　我深深知道什么是真正的友谊,我给朋友做的多,从他那里取的少。我不但喜欢给他做事,不要他给我做事,而且还要他给自己做不要给我做。他给自己做得好,也就是给我做得更好。如果分别对他来说愉快或有好处,那对我来说也比相聚更美好;

当我们有办法心声交流时这不是真正的离别。

从前，拉博埃西与我的离别也让我得到了益处与便利。我们天各一方，对人生的掌握却更充实和扩展。他生活，他享受，他为我看世界，我为他看世界，他若与我一起也不过如此丰富。当我们在一起时，身上的一部分功能就会闲着，我们融合一起。分处两地则使我们的意志结合得更丰满。永不餍足地渴望形体的出现多少说明心灵的享受不足。

我说的这种完美友谊是不可分割的，每个人都把自己全部给了对方，再也留不下什么给别人。相反，他还遗憾自己不能一化为二、为三、为四，自己没有好几个心灵、好几个意志，统统都奉献给一个对象。一般的友谊是可以分享的；可以爱这一位相貌好，爱另一位性格随和，再爱一位慷慨大方，有的慈爱似父辈，有的情谊像兄弟，等等；但是这个友谊占有和支配着我们的心灵，是不可能一分为二的。如果两人同时要求你帮助，你奔向谁呢？如果他们要求你做两件相反的事，你怎么安排呢？如果有件事一人要你保守秘密，另一人又有必要知道，你怎么应付呢？

目前，通常所说的朋友与友谊，只是认识与交往，由某种机会或偶然性促成的，通过它我们的心灵进行交谈。而我说的友谊，则是两人心灵彼此密切交流，全面融为一体，觉不出是两颗心灵缝合在一起。如果有人逼着我说出我为什么爱他，我觉得不能够表达，只有回答："因为这是他，因为这是我。"

把我们不理解的东西不放在眼里,这种鲁莽行为除了本身包含轻率荒唐,还有危险和严重后果。因为,根据自以为是的理解,你给真理与谎言划定了界线;之后可能还有比你已否认的更为奇妙的事物非要你相信不可,你又不得不舍弃这些界限了。亚里士多德说优秀立法者关心友谊要多于正义。尽善尽美的交往就是友谊。一般来说,由欲念或利益,公共需要或个人需要建立和维持的一切交往都不怎么高尚美好;友谊中掺入了友谊之外的其他原因、目的和期望,就不像是友谊了。

自古以来的这四种情谊:血缘的、社交的、待客的和男欢女爱的,不论单独或合在一起,都达不到这样的友谊。

子女对待父辈,不如说是尊敬。友谊靠交流而培育,他们之间差别太大不可能存在交流,交流也可能妨害亲情的责任。父辈的一切秘密思想并不是都可以向子女直说的,否则会过于随便有失体统;还有规劝与指正是友谊的第一要素,子女对父辈很难这样去做。

兄弟这个名字确实美好又充满情意,也出于这个原因他与我联结在一起。但是财产分与不分,一个富一个穷,这都会大大损害和疏远这种兄弟情谊。兄弟并行等速走在同一条道上前进,还免不了经常磕磕碰碰,产生冲突。此外,志趣相投,脾性默契产生这些真正美好的友谊,怎么会一定存在于兄弟之间呢?父子的性格可能截然不同,兄弟也会如此。这是我的儿子,这是我的亲戚,但是会是个凶恶的人,讨厌的人,愚蠢的人。还有,自然法则与义务要我们保持友好关系,我们的选择与自由意志也就更少。最能表明我们自由意志的莫过于感情与友爱。

但愿不要把一般人的普通友谊归于我这一类;我对这些友谊,甚至其中最好的友谊,也像别人有同样的认识。但是我劝大家不要混淆了它们的规则,不然就会犯错。身处在那四种友谊中,要缰绳在手,谨慎小心。情谊不是密切得可以让人不必担心疏远。开伦说,"爱他时想着有一天会恨他,恨他时想着有一天会爱他。"这个警句用在我说的至高无上的友谊上是可恶的,用在普通平常的友谊上是清醒有益的;针对它们,必须引用亚里士多德的那句老话:"我的朋友啊,朋友是没有的!"

效劳与利益是其他一般的友谊的养料,在高尚的交往中这不屑一提。理由是这会混淆我们的意愿。我心中的友谊——不管斯多葛派怎么说——并不因我给人家危难时帮了忙而有所增加,正如我为自己服务也不会对自己表示任何感激,同样由于这样的朋友的一致是真正完美的一致,根本不去想什么是义务或不义务,至于恩情、尽责、感激、请求、道谢以及这类区分你我与包含差别的用词,在他们之间遭到憎恨与驱逐。他们的一切都是共有的:意愿、想法、判断、财产、妻儿、荣誉与生命,根据亚里士多德的非常恰当的定义，他们会成了一个双身子灵魂，于是也不可能给予对方什么和借用对方什么。

如果说在我谈的友谊中一个人能够给另一个什么，这应该是接受好处的人让他的同伴表示感激。因为两方最突出的愿望就是给对方做好事，提供物质与机会的人也就是慷慨的人，他满足朋友去处于他的位子做他最渴望做的事。哲学家第欧根尼缺钱花的时候，他不说向朋友借钱，而是说向他们讨钱。为了说明这类事在实际上是怎样做的，我举出一个古代的例子，真是匪夷所思。

科林斯人欧达米达斯有两个朋友，西希昂人卡里塞努斯和科林斯人阿雷特斯。他的两个朋友很富，他自己很穷，临死前立下这样的遗嘱："我遗赠给阿雷特斯的是对我母亲晚年的供养；给卡里塞努斯的是把我的女儿出嫁和赠给她尽可能丰富的嫁妆；若两位被遗赠人中有一人先过世，我要在世的人承接我给他的这份遗赠。"

最初看到这份遗嘱的人付之一笑。但是他的继承者获知内容以后都欣然接受。其中一位，卡里塞努斯五天后也过世，就由阿雷特斯替代继承。他悉心赡养这位母亲，从自己的五塔兰财产中分出两塔兰半给自己的独生女做嫁妆，另外两塔兰半给欧达米达斯的女儿做嫁妆，并在同一天给她们举行了婚礼。

论人与自然

我们怎么能说日月星辰是没有灵魂、生命和理智的呢？我们对它们除了服从以外并无其他交往，如何能认为天体是愚蠢的、静止的和没有感觉的呢？我们怎么能说，我们看到除了人以外没有其他创造物会运用理智呢？这是什么话！我们还见过类似太阳这样的东西吗？只因为我们没有见过就不存在吗？只因为我们没有见过太阳旋转，太阳就不旋转了吗？如果我们没见过的东西就不存在，我们的知识就大为贫乏："我们的思想领域是那么狭窄！"（西塞罗）

自高自大是我们与生俱来的一种病，所有创造物中最不幸，最虚弱，也是最自负的是人。他看到自己落在蛮荒瘴疠之地，四周是污泥杂草，生生死死在宇宙的最阴暗和死气沉沉的角落里，远离天穹，然而心比天高，幻想自己翱翔在太空云海，把天空也踩在脚下。就是这种妄自尊大的想象力，使人自比为神，自以为具有神性，自认为是万物之灵，不同于其他创造物；动物其实是人的朋友和伴侣，人却对它们任意支配，还自以为是地分派给它们某种力量和某种特性。他怎样凭自己的小聪明会知道动物的内心思想和秘密？他对人与动物作了什么样的比较就下结论说动物是愚蠢的呢？

当我跟我的猫玩时，谁知道是它跟我消磨时间还是我跟它消磨时间？柏拉图在描述萨图恩黄金时代说，那时人的主要长处中有一条是他懂得与动物交流，从它们那里学到东西，知道每个动物的真正品质和特点；人由此养成一种充分理解和谨慎的态度，也使自己的生活过得远远比我们幸福。还需要更好的证据来说明人对动物的冒失行为吗？这位伟大的思想家赞成这个看法：大自然赋予动物的形体，大部分是作为预测使用的，以使人到时候可以利用它们预测未来。

动物与人不能交流，为什么不说成既是动物的缺点也是人的缺点呢？我们不能相互了解，这是谁的错也只能靠猜测。因为我们对它们的了解不比它们对我们的了解多。基于同样的理由，我们把它们看作动物，它们也可能把我们看作动物。我们听不懂它们的话，也不是什么大惊小怪的事，我们不是也听不懂巴斯克人和洞穴人的话吗？

可是有人自夸听得懂动物的话，如蒂亚那的阿珀洛尼厄斯、墨兰普斯、蒂勒西亚斯、泰勒斯和其他人。还据宇宙学家说，有的国家还有立狗做国王的，他们就必须对狗的吠叫和动作给予某种说明。我们应该注意我们之间的共同之处。我们对动物的意思有点了解，动物对我们的意思也有点了解，两者程度相差不多。动物喜欢我们，威胁我们，需要我们；我们对它们也是这样。

人的哪一种长处不可以在动物的行动中找到？还有什么比蜜蜂的工作更加按部就班有条不紊的？这种各司其职、密切配合的协作，我们怎么能够想象没有理智、没有策划也可以进行的呢？

　　　　看到这些信号和例子，

　　　　有人说蜜蜂心中

　　　　藏有神性和灵气。

——维吉尔

　　还有燕子到了春天飞回来，在我们房屋的各个角落探测，在千百个地方寻找和选择最适宜筑窝的地方，难道是没有判断和识别力的吗？再看那些美丽迷人的鸟窝结构，这些飞禽选择一个方框而不是一个圆框，选择一个钝角而不是一个直角，难道不明白其中的特点和效果吗？它们有时含水，有时含泥，难道不知道泥掺上水会发软吗？它们在窝里铺上青苔或绒毛，难道不是预见到小鸟的细爪子躺在上面更加舒适柔软吗？它们把窝筑在东方，避风遮雨，难道不知道各种风有各种风的情况，某种风比另一种风更有益于鸟的成长吗？为什么蜘蛛织网一处厚而另一处薄？在这个时刻打这样的结而不打那样的结，难道它们会不讨论、不思考和不下结论吗？

　　在大多数生物工程中，我们看到足够的例子，说明这些动物的智慧超过我们，我们的技术无法摹仿它们。我们运用全部的心智和技巧,做出来的东西还是不及它们的细致。为什么我们做不到它们那样?为什么我们把超越我们天赋和技能的工作,归结于什么无法理解的天然性和盲目性呢?

这样,我们无意中承认了它们比我们优越得多,大自然像慈母一样,在生活各方面和各种场合陪伴它们,携着手指引它们;大自然对我们则任其自生自灭,要我们为了求生存费尽心机去做一切。就是靠勤奋和用心也不让我们达到动物生来就有的本领,就是它们的鲁钝愚昧也远远超过我们的天赋智慧。

我说这话是强调人间的事是相通的,把人类融入到大环境中。我们并不高于也不低于其他创造物。贤人说,在日光之下的一切接受同样的法则和祸福。

> 一切都处于自身的锁链和命运的束缚之中。
>
> ——卢克莱修

这里面有区别,有不同的等级和程度;但是大自然的面貌是相同的。

> 每种创造物都有自己的发展规律,
>
> 个个又遵循大自然确定的法则。
>
> ——卢克莱修

人也应该限制和安排在这种法则范围内。可怜的人也不能越雷池一步；他受到束缚和阻碍，跟同类的其他创造物一样服从相似的义务，享受一般的条件，没有真正和主要的特权和优待。人对自己想入非非，既无实质也无意味，说来也是，动物之中唯有人有这种想象的自由，不着边际地对自己提出什么是，什么不是，什么要，什么不要，真真假假——这是人的一个长处，得来不易，但是不必为之兴高采烈，因为正由此产生了痛苦的源泉，使他困扰不安：罪恶、疾病、犹豫、骚乱、失望。

至于力量，世间没有一个动物像人那样不堪一击，只需一条鲸鱼、一头大象、一条鳄鱼、一个其他类似的野兽，就可以伤害一大群人；虱子就足以叫苏拉的狄克推多职位出现空缺①。一位伟大的凯旋而归的皇帝，他的心和他的生命，只是一条小虫的口中食。

为什么因为人能够辨别什么东西可以养身治病，什么东西不可以养身治病，了解大黄和水龙骨的药性，就说人由于聪明和思考就有了知识呢？让我们看看康迪的山羊，它受了箭伤，就会在千百种野草中寻找白鲜来治伤。乌龟吞下了毒蛇，立即寻找牛至来清理肠胃；蜥蜴用茴香明目；鹳用海水灌肠；大象不但会拔掉自己同类，甚至主人在交战时身上所中的标枪和箭矢（以亚历山大大帝所杀的波鲁斯国王的大象为例），而且动作熟练，连我们也做不到那样毫无痛苦。我们为什么不说这也是知识和谨慎呢？为了贬低它们而说它们知道这样做是受之于天赐的教育，这没有否定它们有知识和知道谨慎，反而更有理由认为它们从这么可信的教师那里学得比我们还好。

教育别人比受别人教育还需要更多的理智。根据德谟克利特的判断和证实，我们许多技术还是动物教会我们的：蜘蛛教编织，燕子教盖屋，天鹅和夜莺教音乐，许多动物用实例教治病。亚里士多德认为夜莺教小鸟唱歌，要花费时间和心思，而被我们关在笼子里的夜莺，没有机会跟父母学习，歌声就逊色多了。从这件事也可看出通过学习和钻研才会取得进步。

即使野生的夜莺，歌声也不是一模一样的，每头夜莺根据自己的能力来学唱；它们在学习时还相互嫉妒，争吵得不亦乐乎，有时失败者还死在地上，咽气也比唱得不好听强。那些小鸟若有所思地蠕动身子，开始学习某些唱腔；学员听着教员的讲授，用心记住；它们轮流停顿不唱，使人觉得它们在听教员的纠错和训斥。

如果大家都能公正地得到应有的一份，动物也会服务、爱护和保护它们的恩人，追逐和攻击损害他们的陌生人和其他人；这方面它们也在替我们执行正义，犹如它们照顾自己的子女也是不偏不倚的。

至于动物的情义，也笃实厚道，人是无法与之相比的。莱西马库斯国王的爱犬希卡努斯，在主人死后，执意留在他的床上不吃不喝；尸体焚化那天，狗跑过去跳入火中一起烧死。有个人名叫皮勒斯,他的那条狗也是这样,从主人死后再也不走下他的那张床;有人搬尸时,它也随同一起搬走,最后跳进焚烧主人尸体的火堆里。我们有时不经过理智的授意也会产生某些情谊,这是油然而生的冲动,有的人称之为同情;动物像我们一样也会同情的。我们看到马匹相互那么亲密,使我们很难把它们分开生活和旅行。我们看到它们摩擦同伴的毛皮,就像我们抚摩面孔,表示亲昵。不论在哪儿遇见,它们会迎上去表示欢快和好意,也会用其他方法表示不满和憎恨。动物像我们一样在爱情中也有取舍,对雌性动物也有选择。它们也免不了有我们这样的嫉妒、痴情和难以排遣的占有欲。

我们高卢祖先的宗教相信灵魂长生,不断地从一个身子寄托到另一个身子,还把这种游动无常说成是神的公正:因为这是依据灵魂迁谪说,比如灵魂最初寄托在亚历山大身上,上帝也会根据他的作为再把灵魂迁到另一个更苦或更好的人身上去。

如果灵魂是勇敢的,寄托在狮子身上,贪吃的寄托在猪身上;怯懦的寄托在鹿或兔子身上;狡猾的寄托在狐狸身上;如此等等,直到经过惩罚的洗涤,灵魂又重新回到某一个人身上。

虽则对事情不能做得面面俱到,还是应该说有一种尊敬,或者说人类的一种普遍义务,不但对于有生命有感情的动物,并且对树木花草都要有爱惜之情。我们对人要讲正义,对其他需要爱护和珍惜的生物要爱护和珍惜。生物与我们之间有交往,有相互依赖。我毫不在乎说出自己天性中的幼稚温情。每当我的那条狗就是在不适宜的时刻跟我嬉戏,我也不会拒绝。

土耳其人有动物的慈善事业和医院。罗马人普遍关心鹅的饲养工作,因为鹅的警惕性曾使他们的首都免遭一场浩劫②。雅典人下命令,凡是参加巴特农神庙建造工程的驴骡统统放生,任其到处食草,不得阻碍。

阿格里琴坦人习惯上隆重安葬他们喜爱的动物,例如,建立奇功的马匹,有益的、甚至只是供他们的孩子取乐的狗和禽鸟。他们在一切事物上讲究奢华,在许多为这个目的建造的纪念物上表现得更为突出,几世纪供人瞻仰。

埃及人把狼、熊、鳄鱼、狗和猫埋葬在圣地,还在尸体上涂香料,为它们办丧事戴孝。

西门有几匹马,替他三次赢得奥林匹克运动会的赛马奖,死后得到厚葬。老赞蒂珀斯把他的狗安葬在海岬上,海岬还因此而得名。普鲁塔克说,为了贪图小利把一头长期给他干活的黄牛卖给屠宰场,会使他良心不安。

---

① 苏拉(公元前 138—前 78 年)罗马政治家。传说他的死因是一种虱子传染的病引起的。
② 据普鲁塔克一书的记载,日耳曼人夜里偷袭罗马,被城里的鹅发现,怪声大叫,惊醒卫兵奋勇保卫。

论悔恨

　　如果想象和盼望一种比我们更高尚的行为,就对自己的行为产生悔恨,那么我们还是对自己更平常的行为表示悔恨吧。尤其我们认为若天性更优秀,这些行为必然会更加完美、更加讲究尊严。我们也会愿意这样去做的。

　　当我用老年的眼光去审视我青年时代的行为,我觉得依照我的能力一般还是做得规规矩矩的。我的生活能力也仅此而已。在这些情况下我不自我吹嘘,我会一如既往地这样做。这不是我身上的一块斑痕,而是涂遍全身的色彩。我不会有表面的、不痛不痒和装门面的悔恨。要我说悔恨,那要触动我身上每一部分,引起撕心裂肺般的痛苦,就像被上帝看在眼里,深刻,无一遗漏。

　　有人说悔恨紧紧跟随罪过,这话似乎不是指那种自以为是、根深蒂固的罪过。对于不经意和情急之下犯的罪过可以否认和推卸；但是那些蓄谋已久、不做誓不罢休的罪过，就没有什么好说的了。悔恨只是对我们意愿的否定，对我们怪念头的抵制，这可以用各种意义解释。悔恨使这个人否定他从前的美德和节制。

为什么我年轻时没有现在的心灵？
为什么我有了智慧就失去红润的面色？

——贺拉斯

内心一切保持井然有序，这是一种美妙的人生。人人都会当众演戏，在舞台上扮演正人君子，但是在一切都可自由自在、不为人知的内心，做到中规中矩，这才是要点。接着可做的是使家庭、日常起居中保持井然有序，——那也是我们无须向人说明理由，不用做作，不用矫饰的地方。

真正罪恶的罪恶没有不伤人的，不会不遭到全体一致的谴责与审判。因为它的丑恶与劣迹那么明显，以致说作恶的人简直愚蠢与无知可能是有道理的。很难想象有人会认识罪恶而不憎恨罪恶的。恶心恶意的人吮吸了自己身上的大部分毒汁，因而中毒身亡。罪恶在心灵中留下悔恨，就像在人体内留下溃疡，总是在糜烂出血。

因为理智抹去其他一切悲哀与痛苦；但是却滋长悔恨，它从肉里长出来的,从而也更痛。犹如发高烧时的冷与热要比户外的冷与热更难受。我说的罪恶(但各人有各人的标准)不但是理智与天性谴责的罪恶,也指众人的意见造成的罪恶;这种意见即使是平白无据与错误的,但是已为法律与习俗所接受。

我不能接受毕达哥拉斯的学说,"人在走近神像领受神谕时,灵魂焕然一新"。除非他的意思是说,为了这个时刻必须换上一颗不同的新灵魂,原有的灵魂藏污纳垢,已不配出席这番祭礼了。

他们做的一切恰与斯多葛派是相反的,斯多葛派要求我们改正自身认识到的不足与罪恶,但是不用为此感到悔恨,郁郁不乐。毕达哥拉斯派要我们相信他们内心感到极大的遗憾和内疚。但是从表面上他们没有让我们看到有一点改过自新、决不重犯的样子。病若不除根,就不算痊愈。悔恨若放在天平上,重量必须超过罪恶。我觉得不从行为与生活上去规范,表面上装得信仰上帝还不是轻而易举的事。虔诚的实质是深奥的、隐藏的;外表是容易装模作样的。

一切建议的力量取决于时间。时机稍纵即逝,事物不断变化。我一生中有过几次重大的失误,不是我的主意不对,而是时机不对,后果严重。我们接触的事物中都有其秘密的部分,尤其涉及人性时更深不可测,一些因素不声不响,深藏不露,有时即使本人也不知就里,遇到机会突然爆发了出来。如果小心翼翼还是没能看透和预见,我也不会郁郁不乐,谨慎只是在其范围内发挥作用;我就接受事情的打击。事情若对我拒绝过的一个方案有利,那也没有办法;我不怪自己;我责怪命运,不责怪我的工作;这就不叫做悔恨了。

福西昂给雅典人出了个主意,未被采纳。事情进展顺利确跟他的意见大相径庭。有人对他说:"福西昂,事情那么顺利你很满意吧?"他回答说:"事情发展成这样我当然满意,但是我提那样的建议也不后悔。"

对于一切已经过去的事,不论其结果如何,我很少抱憾。它们本来就应该这样发生的,这个想法使我免除烦恼;如今它们已经进入宇宙大循环,斯多葛的因果连锁反应。你用什么方法祈求和想象,都不能改变一丝一毫,事物的顺序不会颠倒,不论过去与未来。

此外,我讨厌随着老年而来的那种油然而生的悔恨。

论教育

　　我们的教育目的是要我们博学，不是要我们善良与智慧。它达到了这个目的。它不教我们学习追随美德和行事谨慎，但是它要我们头脑里记住这两个词的派生与词源。我们知道"行善"这词的变格，却不知道热爱行善；我们不必知道在思考与生活中谨慎行事，只要记住这词怎么乱念就够了。

　　对我们的邻居，不仅要知道他们的籍贯、家庭、亲属，还要跟他们做朋友，交谈，保持默契关系。我们的教育教我们美德的各种定义、分类和表现，如家谱中的名家和分支，决不费心教我们在行善中做得体贴，培养爱心。在我们的学习中选择的不是观点较为健康、较为真实的书籍，而是希腊文、拉丁文写得最好的书籍。用最美好的词句在我们的思想中灌输古代毫无意义的糟粕。

　　良好的教育改变人的看法与习俗，波莱蒙遇到的就是这样，这个希腊纨袴子弟，在偶然间听了色诺克拉特的一堂课，不但注意到这位讲师的雄辩与渊博，把有益的知识带回家中，还结出一个更灿烂鲜艳的果实，毅然改变前半生的生活，重新做人。我们的教育曾给谁带来过这样的影响？

有的教师不停地在我们的耳边絮聒，仿佛往漏斗里灌水，我们的任务只是重复他跟我们说的话。我要他改正这种做法，一开始，根据他所教的人的智力，因势利导，教他体会事物，自己选择与辨别；有时给他指出道路，有时让他自己开拓道路。我不要老师独自选题，独自讲解，我要他反过来听学生说话。苏格拉底，后来的阿凯西劳斯都是首先让弟子说话，然后再是他们对弟子说话。

执教的人高高在上，大部分时间损害要学习的人。

——西塞罗

教师让学生在前面小跑，判断他的速度，然后决定自己该怎样调节来适应学生的力量，这是个好方法。如果缺了师生的这种配合什么都做不好。善于选择这种配合，稳步渐进，据我知这是最艰难的工作之一；名师高瞻远瞩，其高明处就是俯就少年的步伐，指导他前进。我上山的步子要比下山更稳健，更踏实。

真理与理智对谁都是一样的，不看谁说在前谁说在后。也不是根据柏拉图说的还是我说的，只要他与我理解一致，看法一致。蜜蜂飞来飞去采花粉，但是随后酿的蜜汁，这才完全是它们的。不管原来是荚莲还是牛至了。这也像学自他人的知识，融会贯通，写成自己的一部作品，以此表达自己的主张。他的教育、他的工作和研究，都用于对自己的培养。

让他把学到的东西藏之于心，把创新的东西呈之于外。剽窃者、人云亦云者炫耀的是他们造的房屋，他们购的东西，而不是他们学自他人的心得。你看不到一名法官收受的礼品,只看到他为孩子招来好亲事和猎取荣誉。没有人公开他的收入;每个人都不隐瞒他的获得。

我们在学习上的获得,才使自己更完美更聪明。

埃庇卡摩斯说,有了理解才看见与听见,有了理解才可以利用一切,支配一切,才可以行动,掌握与统率;其余的东西都是瞎的,聋的,没有灵魂的。当然,不让理解有自由发挥的余地,就会失去活力与豁达。谁曾问过他的弟子,对西塞罗某名句的修辞与语法是怎么想的?他们只把这些句子一股脑儿往我们的记忆里装,仿佛是一点一划都有其重大含义的神谕。会背诵不等于懂,那只是把东西留存在记忆中。了然于心的东西不妨自己支配,不必看老师的眼色,也不必转睛对照书本。纯然的书本知识是可悲的知识!我可以接受它作为装饰,但不是基础,柏拉图也是这个看法,他说坚定、信仰、真诚是真正的哲学,其他另有目标的学科都是点缀而已。

应该细心教育孩子从情理上去憎恨罪恶,识别它们本质上的丑陋,不仅在行动上,而且在心灵上都要远远躲开;不论罪恶戴着什么假面具,一想到就厌恶。

要告诉孩子,什么要知与什么要不知应该是学习的目的;什么是英勇,什么是克制与正义;雄心与贪婪、奴役与服从、放纵与自由之间有什么区别;什么是识别真正与切实的满足;对死亡、痛苦与耻辱应该怕到什么程度。

让他语言中闪烁良知与美德,唯理智作为指引。让他懂得,若在论说中发现错误,虽然别人尚未感到,也要改正,这是判断与诚实的表现,也是他追求的主要品质;坚持与否认错误是常人的素质,愈庸俗的人中愈明显;补偏救弊,知过必改,当机立断放弃坏主意,这都是一种罕见的、强有力的哲学家风度。

要关照他,与人相处时要时刻留个心眼儿;因为我发现最前面的位子往往被平庸之辈占据,大富大贵的人不一定有才华。

我看见坐在餐桌上座的人,闲谈的是某块挂毯的华丽或希腊马姆塞葡萄酒的醇厚,而另一端的许多妙言隽句却没有人听到。

他要观察每个人的特长:放牛人、泥瓦匠、过路人;应该懂得利用一切,学习各人之所长;因为一切都是有用的;即使从别人的愚蠢和弱点中也可学到东西。仔细观察一个人的举止风度,心头就会产生想法,羡慕优雅的,鄙弃低俗的。

培养他锲而不舍、探究一切的好奇心。周围一切稀奇古怪的事都去看一看:一幢房子、一口井、一个人、古战场遗址、恺撒或查理曼大帝的行军道路。

论学问与知识

　　我喜爱与敬重学问,不亚于喜爱与敬重有学问的人;使用得法,学问是人类最高尚和强有力的收获。但是有些人(这类人不计其数),他们把学问作为自负与价值的基础,以记忆力代替了智力,"躲在他人的庇荫下"(塞涅卡)除了照本宣读以外什么都不会,他们身上的这种知识我讨厌,若敢大胆说,还比愚蠢更讨厌。

　　在我的国家,在我的时代,知识经常改善的是钱包,很少是心灵。知识若遇见软弱的心灵,成了一堆难消化的硬块,阻滞和窒息心灵;若遇见飞扬的心灵,它必然使它清澄净明,直至精纯到苍白为止。知识这东西本身无所谓好与坏,对天资高的人是非常有用的点缀,对不是这样的人反而有害,造成损伤。也可以说是用途讲究的东西,不出高价是得不到的;在某人手里是权杖,在另一人手里是丑物。但是让我们接着往下说。

　　让你的敌人知道他不可能打败你时,你还等待比这更伟大的胜利吗?当你的建议占上风时,这是真理的胜利。当你的规矩与行为占上风时,这是你的胜利。在柏拉图和色诺芬的作品里,我的看法是苏格拉底在辩论中更注重提出论点的人而不是论点本身，为了教育欧提德莫斯和普罗塔哥拉，要他们认识自身的不当，更多于他们辩术的不当。不论遇到什么题目，他树立一个更有用的目标，不是把它的内容说明白，而是要人的思想弄明白，这即是弄明白思想他才能进行塑造与锻炼。

要狩猎必然有惊动与奔跑。我们做得不得当是不可原谅的；一无所获则是另一回事。因为我们生来是追求真理的，真理的掌握属于更高超的力量。犹如德谟克利特说的，它不是藏于深渊之底，而是置于九天之上，属于神的认知范围。人间只是一所探索学校。这不是谁进入里面，而是谁跑得最快。说真话的人与说假话的人可以是同样在装疯卖傻，因为我们计较的是说话方式，而不是说话内容。我这人把形式与内容、道理与原因看得一样重要，像亚西比得要求别人做的那样。

学问不会给漆黑一团的心灵带来光明，就像不能使盲人看到东西；学习的职责不是给他提供视力，而是调整视力，如像一个人必须有了挺直有力的腿脚，才可以训练他的步伐。

知识是良药，但是不管什么良药因药罐保存的质量差，都会变质失效。一个人可以看得清，不一定看得准，从而看到好事不去做，学到知识不会用。柏拉图在《理想国》中的主要条例，按照公民的天性分配工作。天性能做一切，一切也由天性去做。脚跛的人不宜做体力运动，心灵跛的人不宜做智力运动；恶劣与庸俗的人不配学哲学。看到一人脚上穿双破鞋，我们就会说他是鞋匠谁都不会奇怪。同样经验好像也在告诉我们，与常人相比，经常还是医生不好好服药，神学家不好好忏悔，学者不好好充实自己。

享用学问要比享用其他鱼肉风险大得多。因为其他东西买了以后，装在篮子里拿回家，有权利检验其质量，决定什么时候吃多少。但是学问，一拿到手没有别的篮子只有装到我们的脑子里，我们一买到就吞到肚子里，离开市场时不是已经腐败就是成了营养。有些学问不但不能营养我们，反而妨碍和阻挡我们，在治疗的名义下毒害我们。

俗语说：有马代步的人不用走路。那不勒斯和西西里国王雅克，年轻、英俊、健康，坐在担架上巡游全国，头下垫一只干瘪的羽毛枕头，穿一件灰布长袍，戴一顶同样质地的便帽，随从在后面的则是华丽的王室卫队，形形色色的轿子和牵着走的马、贵族、军官，表现一种初期还不巩固的权势。有望治愈的病人不用可怜。这句警言说得很有道理，我从书本中得到的全部好处，全在于对这句话的体会与应用。事实上我利用书，比那些不懂书为何物的人多不了多少。我享受书，犹如守财奴享受财宝，只要知道高兴时就可以用来享受就够了。有了这个占有权我就心满意足。

不论和平还是战争年代，我出门必带书籍。然而我会好几天、好几个月不翻一页。我说："等会儿看，或者明天，喜欢看时再看。"时间飞快过去，我也不难过。这些书在我身边可以随时给我乐趣，认识到它们对我的生活有多大帮助，想到这里我就很难说清我如何心安理得，坦然过日子。我觉得这是人生旅途中最好的储粮，那些缺乏储粮的聪明人使我无限惋惜。其他任何消遣不管如何幼稚我都可以接受，好在我也永远不会断粮。

有益的思想日趋充实与稳定的同时，也愈加成为羁绊与负担。罪恶、死亡、贫困和疾病都是重要的主题，令人感到沉重。必须让心灵接受教育，学习承受和战胜这些苦难的方法，学习好好生活与好好信仰的规则，经常还要在这种美好的学习中启发它，锻炼它。但是对于一个普通的心灵，还必须有条不紊地进行，如果操之过急，会使它急得发疯。

对于懂得自省与努力奋发的人，思考是一种深刻全面的学习，我喜欢磨砺我的头脑，而不是装满我的头脑。根据各人的心灵保持思想活动,这比什么工作都费力,也都不费力。最伟大的心灵都把思考作为天职,"对于它们,生活即是思想。"(西塞罗)因而大自然赋予心灵这样的特权,没有一件事我们可以做得那么长久,要做又可以那么方便容易。亚里士多德说:"这是神做的事,他们的幸福与我们的幸福都是从中产生的。"书籍中的各种内容主要是启迪我的思维,促进我的判断,不是推动我的记忆。

我在阅读中可以陶冶性情;使我获益最多的是普鲁塔克(自从他被介绍到法国以后)和塞涅卡的作品。他们两人皆有这个共同特点,很合我的脾性,我在他们书中追求的知识都是分成小段议论,就像普鲁塔克的《短文集》和塞涅卡的《道德书简》,不需要花长时间阅读(花长时间我是做不到的)。《道德书简》是塞涅卡写得最好的篇章,也是最有益的。不需要正襟危坐阅读,也随时可以放下,因为每篇之间并不连贯。

这些作家在处世哲学上大致是一样的;他们的命运也相似,出生在同一个世纪,两人都做过罗马皇帝的师傅,都出生国外和有钱有势。他们的学说是哲学的精华,写得简单明白。普鲁塔克前后一致,平稳沉着。塞涅卡心情大起大落,兴趣广泛。塞涅卡不苟言笑,提高道德去克服懦弱、畏惧心理和不良欲望;普鲁塔克好像并不把这些缺点看得那么在意,不愿郑重其事地加以防范。普鲁塔克追随柏拉图的学说,温和,适合社会生活;塞涅卡采用斯多葛和伊壁鸠鲁的观点，不切合生活实际，但是依我的看法，更适合个人修养，也更严峻。塞涅卡好像更屈从于他那个时代的那些皇帝的暴政，因为我敢肯定他谴责谋杀恺撒的壮士的事业，是在压力下做的；普鲁塔克一身无拘束。塞涅卡的文章冷嘲热讽，辛辣无比；普鲁塔克的文章言之有物。塞涅卡叫你读了血脉贲张，心潮澎湃；普鲁塔克使你心旷神怡，必有所得。前者给你开路，后者给你指引。

我对作家的灵魂和天真的判断，历来十分好奇。通过他们传世的著作，他们在人间舞台上的表现，我们可以了解他们的作为，但是不能洞悉他们的生活习惯和为人。

如果我词不达意，如果我的文章虚妄矫饰，我自己没能感到或者经人指出后仍没能感到，我对这些是负有责任的。因为有些错误往往逃过我们的眼睛，但是在别人向我们指出错误后仍不能正视，这就是判断上的弊病了。学问和真理可以不与判断力一起并存在我们身上，判断力也可以不与学问和真理并存在我们身上。甚至可以说，承认自己无知，我认为是说明自己具有判断力的最磊落、最可靠的明证之一。

我安排自己的论点也随心所欲没有章法。随着联翩浮想堆砌而成；这些想法有时蜂拥而来，有时循序渐进。我愿意走正常自然的步伐，尽管有点凌乱。当时如何心情也就如何去写。所以这些情况不容忽视，不然在谈论时就会信口开河和不着边际了。

　　我当然愿意对事物有一番全面的了解，但是付不起这样昂贵的代价。我的目的是悠闲地而不是辛劳地度过余生。没有一样东西我愿意为它呕心沥血，即使做学问也不愿意，不论做学问是一桩多么光荣的事。我在书籍中寻找的也是一个岁月优游的乐趣。若搞研究，寻找的也只是如何认识自己，如何享受人生，如何从容离世的学问：

　　　　这是我这匹马应该淌汗朝之奔去的目标。

——普罗佩提乌斯

论亲情与衰老

　　如果有什么真正的自然规律,也就是说普遍和永久存在于动物和人中间的某种本能(这点不是没有争议的),以我的看法来说,每个动物在自我保护和逃避危险的意识以后,接下来的感情便是对自己后代的关心。这仿佛是大自然为人间万物繁衍和延续对我们所作的嘱咐。若回头来看,孩子对父辈的爱不是那么深也就不奇怪了。

　　此外,还有一种是亚里士多德的看法,那就是真心相待的人,付出的爱总比得到的爱要多;赐惠的人总比受惠的人爱得深;作品若有灵性的话,也不会爱作者胜过作者爱作品。尤其我们都很珍惜自身,自身又是行动与工作组成的;由此每个人多少存在于自己的作品中。赐惠的人完成了一件美好和诚实的工作,而受惠的人只是得益而已。得益远远不及诚实可爱。诚实是稳定的,长存的,做事诚实的人心里永远感到满足。得益很容易消失;留下的回忆也不是新鲜和温柔的。愈需要我们付出代价的东西,对我们来说愈亲切;赐惠要比受惠难。

　　既然上帝赐给我们理智,为了我们不像动物那样盲目接受一般规律的束缚,而是以自由意志和判断力去适应情况,我们应该向自然的权威作出让步,但是不是听任自己受自然专横的摆布。唯有理智才可以指导我们的天性。

童年瞻前,而老年顾后,这是伊阿诺斯两面神的意义吗?岁月若愿意可以挟着我去,但是往回去吧!只要目光还能辨认出这段逝去的锦瑟年华,总会不时转过头去看它。虽然青春已从我的血与血管中消失,至少这个形象不会从我的记忆中根除,

回忆过去的日子,是把人生过上两次。

——马提雅尔

……

当然还需要在梦幻以外寻找另一种良药,跟自然对抗也仅是一种于事无补的办法。大家所做的延长或提前做人的种种不便,这是最简单不过的。而我宁可老而速去而不要未老先衰。我要紧紧抓住遇到的任何细微的欢乐机会。听人说起好些温和、快活和正派的消遣,但是我听了并没能引起兴趣。

如果有人欺骗我,至少我不欺骗自己说自己是不会受骗的,

也不绞尽脑汁去这样做。我只有依靠自己逃过这样的背叛，不是疑神疑鬼担心不安，而且抱定决心不以为然。

当我听到某人的事，我关心的不是他；而是回过头来想到自己的处境。他遇到的一切都与我有关。他的遭遇是对我的警告，也促使我清醒。如果我们知道回顾自己和扩大思路，每天每时每刻谈论其他人，其实也是在谈论我们自己。

有许多作家，当他们鲁莽地勇往直前攻击他人的事业，殊不知这也是在损害自己的事业，这些攻击也可被敌人利用进行反击。

已故的德·蒙吕克元帅有一个儿子，是一位正直、年轻有为的贵族，不幸死于马德拉岛上。元帅丧子以后向我透露，他有许多遗憾，其中最令他痛心的是他觉得从未与儿子有过内心的交流。他摆出父亲的威严，使他永远失去体会和了解儿子的心意的机会，向他表示自己对他深沉的爱和对他的品德的钦佩之情。他说："这个可怜的孩子在我脸上看到的只是皱紧眉头，充满轻蔑的表情，始终认为我既不知道爱他也不知道正确评估他的才能。我心里对他怀着这种异常的感情，我还要留着给谁去发现呢？知道了又喜欢又感激的还不是他么？而我压抑和限制自己却去摆出这张假装尊严的脸。我失去了跟他交谈、对他表示爱的乐趣，他对我也必然非常冷淡，既然他从我这里得到的只是严厉对待，感到我的态度犹如一名暴君。"

我觉得他的怨恨是有根据和有道理的。因为我从自身的经验来说，当我们失去朋友时，最大的安慰莫过于不曾忘记对他倾情相诉，跟他们有过一次推心置腹的交谈。

我对家里人开诚布公，乐意向他们说出自己的意愿，对他们以及对任何其他人的看法。我坦陈心曲唯恐落后，因为不愿意人家对我有任何误解。

如果有人对我说，有一天一位明白事理的贵族守着自己的财产，不是为了别的，仅仅以此让儿辈尊重他和对他有所求；当岁月剥夺了他的其他一切力量时，这是他唯一掌握的手段让自己在家庭内保持威严，不遭人唾弃(其实，亚里士多德说过，不但是老年，一切方面的软弱，都会使人吝啬)。这确是一个问题；但是这也是一种药，治疗一种我们必须避免的病痛。

一个父亲只是因为孩子对他有所求而爱他——若这也称为爱的话——也是够惨的了。

应该以自己的美德、乐天知命、慈爱和善而受人尊敬。贵重物质成了灰也有其价值，德高者的遗骸我们一向对之敬重异常。一个人一生光明磊落，到了晚年也不会成为真正的老朽，他依然受到尊敬，尤其受到他的儿辈的尊敬，要他们的内心不忘责任，只有通过理智来教导，而不是以物质相诱惑，也不能以粗暴相要挟。

> 暴力的权威比爱心的权威，
> 更受人尊敬，更牢固。
> 至少我看来是大错特错。
>
> ——泰伦提乌斯

训练一颗温柔的心灵向往荣誉和自由,我反对在教育中有任何粗暴对待。在强制行为中总有一种我说不出的奴役意味;我的看法是:不能用理智、谨慎和计谋来完成的事,也无法用强力来完成。

　　人到老年欲望衰退,此后又了无兴趣,这在我看来心灵不见得作如是想。忧愁与衰老强令我们遵守一种力不从心的美德。我们不应该让自然衰退带走一切,连得判断力也拿不准了。青春与冶乐在从前并没有让我看不到肉欲中的罪恶面目,同样此时此刻,年岁带来的厌世情绪也别让我看不到罪恶中的肉欲面目。

论差异与和谐

不可避免的事应该学会去忍受。我们的生活犹如世界的和谐,都是由相反的事物、不同的色彩构成的,温和的与暴烈的,尖的与平的,柔弱的与严厉的。音乐家只喜欢一种音色,会表达出什么?他必须善于调配各种声音,合成交响。我们也是,善与恶在我们的生活中是共生共存的。我们的存在不能没有这样的融合。这一部分与另一部分相互都是同样必要的。试图跟天然需要闹别扭,这是重视忒息丰①的傻劲,他要跟他的毛驴比赛谁踢得过谁。

纵欲是享乐的瘟疫,节制不会给享乐造成灾难,反而使它有滋有味。欧多克修斯宣扬享乐至高无上,他的朋友也把享乐看得极端重要,通过节制更把这个乐趣提高到无比美妙,这在他们身上表现得极为突出与典型。

我命令我的心灵对待痛苦与享乐要同样节制,"心灵在欢乐中张扬与在痛苦中颓唐,同样应该谴责。"(西塞罗)以同样坚定的目光,但是一个开心地,一个严厉地;还是依照心灵的能力,同样花心思去缩小痛苦,扩大享乐。健康地看待好事也会做到健康地看待坏事。痛苦缓慢初起时带有某种不可避免的东西,而享乐过度结束时带有某种可以避免的东西。

柏拉图把这两者结合,认为与痛苦斗争,与沉湎其中不知自拔的享乐斗争,皆为勇敢的举动。这是两口井,不论是谁在适当时间从适当的那口汲取适当数量的水,对城市、对人、对牲畜都是幸运的。第一口井从医学需要出发,要予以精确计算,另一口井从干渴出发,要在陶醉前停止。痛苦、欢乐、爱、恨都是一个孩子的最初感觉;产生了理智,以理智为准绳,这就是美德。

苏格拉底问梅诺什么是德操。梅诺回答说:"有男人和女人的德操,有官员和公民的德操,有儿童与老人的德操。"苏格拉底大叫:"这妙极了! 我们以前只是追求德操,原来德操有一大堆。"

我们提出一个问题,人家回敬我们一大串问题。如同任何事物与任何形式不会跟另一个完全相像,也没有任何事物与任何形式跟另一个完全不像。神奇的自然融合。我们的面孔若不相像,就分不出人与兽了;我们的面孔若不是不相像,就分辨不出人与人了。

一切事物都靠某个相似性存在,一切例子都有偏差,从经验得出的事物关系总是靠不住和不完善的；我们总是从某一方面来做比较。法律就是这样为人服务，用迂回、勉强和旁敲侧击的解释凑合用到每个案件上。

大自然的最大原则是不同；外貌不同，精神更不同；因为精神的质地更柔软，更易于塑造；我们脾气性情相同，我们目的意图相同，这是很少见的。两个人的想法完全相同，就像两根毛、两颗种子完全相同，这在世界上是不存在的。世界的普遍品质，就是万物皆有差异。

---

① 普鲁塔克《怎样压抑怒气》一书中人物。

论品德

近代一位罗马元老说,他们的前辈嘴里喷出的是大蒜味,肚里装的是善良心;而他这个时代的元老身上香气扑鼻,腹内藏污纳垢;我想这就是说,他们知识丰富,傲气十足,然而缺乏善良。不懂礼、无知、单纯、粗鲁,必然与无辜是一起的,而好奇、精明、知识后面跟着狡猾;谦卑、畏惧、服从、和气(这些都是人类社会遗留下来的主要品质)必然要求一个人心灵单纯、顺从、不自以为是。

柏拉图说,性情随和与乖戾对心灵的善良与邪恶有极大影响,这话我衷心赞成。苏格拉底的面容保持一致,恬静含笑,老克拉苏的面孔是另一种始终如一,他从来不笑。

美德是一种愉悦快活的品质。

人无论多么无能与鲁钝，身上总是有闪光的个人品质，品质不论埋藏多深，总会在某个时机显露出来。一个心灵对其他一切都懵懵懂懂，唯独对某一种事耳聪目明，超过常人，这究竟是怎么一回事，那就必须请教我们的先生。美丽的心灵是对一切都能统筹、开放和接受的心灵，虽未经教育，至少是可以教育成才的。

　　我觉得德操不同一般，比我们内心滋生的善意更为高贵。懂得自律和出身良好的灵魂总是遵循同一步伐，行为跟有德操的人难分上下。但是跟禀性善良、温情平和、依照理性办事相比，德操中自有一种我说不出的高贵和奋进。

　　有的人天性温良宽宏，不在乎遭受凌辱，自然是一件好事值得称道；然而有的人遭受凌辱勃然大怒，在理智的劝导下，压制了复仇的怒焰，经过一番思量终于自我克制，岂不是更值得称道。前者做事好，后者做事有德操。前者的行为是善良的行为，后者的行为是有德操的行为。因为德操这个词是以困难和对比为前提的，不可能不经过思想交锋而去完成。我们可以任意称颂上帝是善良的，强大的，慷慨的，还有公正的；但是我们从不称上帝是有德操的；上帝的作为都是天生的，不需花费一点力气。

　　萨图宁，罗马的保民官，企图强制通过一项有利于平民的不合理法规,抗拒者将遭到极刑。罗马元老院中唯有麦特鲁斯一人以他的道德力量,独力抵制萨图宁的压力,从而遭到镇压,他在最后关头还对押他上刑场的人说这样的话:"做坏事既容易又卑劣,不冒险而做好事则稀松平常,只有冒了险做好事,才是一位有德操者的本分。"

麦特鲁斯的这些话向我们清楚地表明了我要证实的信念,就是有德操的事不是一蹴而成的;只因本性善良,循规蹈矩,轻松愉快完成的事,绝不是真正的德操要完成的事。德操要求一条艰苦曲折、充满荆棘的道路。德操或者是去克服外界的艰难,像麦特鲁斯,命运骤然断送了他的前程,或者是去克服内心的艰难,它使一个人生活中坐立不安、茶食不思。

论灵魂

　　柏拉图认为理智来自头脑，愤怒来自心，贪婪来自肝，这更像是在阐述灵魂的活动，而不像他愿意做的那样在剖析灵魂，好似在把身体区分成了许多肢体。他们中间最接近真理的看法，那是把灵魂看作一个整体，它的功能是推论、回忆、理解、判断、欲望，通过身体的不同器官进行其他一切操作（犹如舵手根据他的经验驾驶船只，有时拉紧或放松绳索，有时升高帆桁或摇动船桨，用一种力量掌握不同效应），灵魂来自头脑，这由于头脑受到伤害和意外后，灵魂的功能必然受损；从头脑再转移到身体的其余部分也不是没有道理的：

> 福玻斯从不偏离他的天路，
>
> 然而到处有他的光芒。

——克劳迪乌斯

　　宛若太阳从天空把光芒和力量传播到宇宙的四面八方：

> 灵魂的另一部分散布到全身，

一动一静完全遵照精神的意图。

——卢克莱修

此外,应该在这里,在我们的体内,而不是其他地方,去考虑灵魂的力量和效果;其他什么完美性都是虚的和无益的。灵魂的不朽性应该在目前的状态下得到承认和体现,也只有这样对人的一生才是有价值的。但是因而否定灵魂的裹性和威力,剥夺它的神功,在它处于肉体的桎梏下萎靡不振、无可奈何时,而对它作出评论,贬得永世不见天日,这是不公正的。考虑到这段时间非常短促,最短只有一两个小时,最大不过一个世纪,对于无穷无尽来说只是一瞬间;以一瞬间来安排和决定过不尽的未来,这也是不公正的。根据这么短暂的一生作出永生永世的赏罚,岂不是极大的失衡行为。

苏格拉底的灵魂,据我所知,是公认的最完美的灵魂,然而以我的推论来看则是不值得推荐的。因为我不能想象这位人物有丝毫做坏事的念头。他施行德操,我也想象不出对他有任何为难和任何克制。我知道他的理智坚强无比,主宰一切,绝不会让任何邪念有萌芽的机会。像他那么高尚的德操,我看不出有什么可以比拟的。我觉得看着这样的德操跨着胜利的步伐一往无前,大模大样,轻盈自在;如果说德操只有与邪恶的欲念作斗争时才会发光,那么我们也可以这么说,德操不可能没有罪恶的参与。德操在罪恶的托衬下益加显得辉煌。

如果谈到理智时还不相信理智，那么用理智评判其他东西就更不合适了；理智总还认识一点事物，至少这是理智的本质和领域。理智属于心灵，是心灵的一部分，是心灵的反应；我们用理智这个词也只是一种假借，因为真正的理智是一切的根本，它存在于上帝的胸怀。那里才是理智的所在地，当上帝高兴的时候，理智就离开那里使我们睁开眼睛看到一线光明，就像帕拉斯钻出父亲的头顶跟世界沟通。

现在让我们看一看，人的理智使我们对理智和灵魂懂了点什么。我们不谈笼统的灵魂，在这方面差不多所有的哲学流派都认为天体和元素也是有灵魂的；也不谈泰勒斯的灵魂，泰勒斯认为即使不动的东西，因受磁性的吸引也有灵魂；我们谈的是属于我们的、我们应该深入了解的灵魂。

克拉底和狄凯阿科斯说，灵魂是不存在的，肉体天生就会行动；柏拉图说，灵魂是一种自动的物质；泰勒斯说是不会休止的自然体；阿斯克勒庇亚德斯说是感觉的运动；赫西俄德和阿那克西曼德说是土与水的组合。

不要忘记亚里士多德，也说灵魂是使身体自然移动的力量，他名之为"隐德来希"①，这又是跟其他一样冷冰冰的发明，因为他既不谈灵魂的本质、起源和天性，而只是注意到灵魂的效果。拉克坦希厄斯、塞涅卡和独断派的精英人物都承认他们不知道灵魂是什么。罗列了这些看法以后,西塞罗说:"这些看法中哪个是对的,只有神才能说了。"圣贝尔纳说:"我从切身经验认为上帝是多么不可理解,既然我自己身上的各部分我也没法理解。"赫拉克利特虽然主张一切东西都有灵魂和精灵,还是认为对灵魂的认识是没有穷尽的,因为灵魂的本质实在太深奥了。

---

① entelechia,意谓"完成"。

论恒定与变化

　　说到头来，人的实质和事物的实质都没有恒定的存在。我们，我们的判断，一切会消失的东西，都在不停地转动流逝。因而谁对谁都不能建立一个固定的关系，主体和客体在不断地变换更替。

　　我们与存在没有任何联系，因为人性永远处于生与死之间，它本身只是一个模糊的表面和影子，一个不确定和软弱的意见。如果你决意要探究人性的存在，这无异于用手抓水，水的本性是到处流动的，你的手抓得愈紧，愈是抓不住要抓的东西。因而，一切事物都会经过一个又一个的变化，理性要在事物中寻找一个真正的存在会感到失望，不可能找到存在的和永久的东西，因为一切不是未生还不存在，便是刚生便已死亡。

　　柏拉图说物体虽然生成，但是从未存在，认为荷马把海洋看作是诸神的父亲，忒提斯把海洋看作是诸神的母亲，这向我们指明一切东西都是流动变化的。他还说在他以前，所有的哲学家都持这样的看法，除了巴门尼德，他不承认东西是流动的，他重视流动的力量。

　　毕达哥拉斯说一切物质是流动不止的；斯多葛派说现在是不存在的，我们所谓的现在，只是未来和过去的连接点；赫拉克利特说没有人两次进入同一条河流；埃庇卡摩斯说以前借钱的人现在就不欠什么；昨夜接到邀请第二天去午餐的人，今天他去赴约属于不邀而至，因为主人和客人都不再是当时的人，他们变成了另外的人；他们会死亡的肉体不可能两次处于同一个状态，因为通过突变和渐变，肉体一会儿消失，一会儿聚合；它来了，然后又走了。以致任何东西开始出生，但是永远达不到完美的存在，尤其因为生是不会完成的，也不会像到了目的地似的停止不前，就像种子落地，永远在不断地蜕变。

根据一个人的日常举止来评论他，那是一般的做法；但是，鉴于人的行为和看法天生不稳定，我经常觉得，即使是杰出的作家也往往失误，说什么我们有始终如一、坚韧不拔的心理组织。

他们选择一种公认的模式，然后按照这个模式，归纳和阐述一个人的行为，如果无法自圆其说，就说这个人虚伪矫饰。奥古斯都这人他们就无法评判，因为他一生中变化多端，出尔反尔，叫人无从捉摸，最大胆的法官也不敢妄下结论。我相信人最难做到的是始终如一，而最易做到的是变幻无常。若把人的行为分割开来，就事论事，经常反而更能说到实处。

据说这是德摩斯梯尼说的话：讨教与审慎是一切德行的开

端;而始终如一是德行的圆满完成。我们在言词中要选择某一条道路,总是去选择一条最好的道路,但是没有人想去实践。

……

我们一般的行动,都是根据自己的心意,忽左忽右,忽上忽下,听任一时的风向把我们吹到哪儿是哪儿。只是在要的时候才想到自己要的东西,然后却像变色龙一般,躺到什么地方就变成什么颜色。我们在那时想到要做的事,一会儿又改变了主意,一会儿又回到那个主意,优柔寡断,反复无常。

……

我们不是在走路,而是在漂流;受到河水的挟制,根据潮水的涨落,时而平静,时而狂暴。

……

天天有新鲜事,我们的情绪也随时间的推移而变换。

> 人的思想闪烁不定,犹如神圣的朱庇特
> 布满大地的雷电。
>
> ——荷马

我们在不同的主意之间游移不定。我们对什么都不愿意自由地、绝对地、有恒心地作出决定。

我们那么容易表现出矛盾与变化,以致有的人认为我们身上有两个灵魂,另一些人认为我们身上有两种天性,永远伴随我们而又各行其是,一种鼓励我们行善,一种鼓动我们作恶。若只有一个灵魂或天性,决不可能有这样巨大的变化。

不但偶然事件的风向吹得我任意摇摆,就是位置的更换也会骚扰我的心境。任何人略加注意,就会发现自己决不会两次处于同一个心境。按照观测的角度,一会儿看到灵魂的这一面,一会儿看到灵魂的那一面。如果我谈到自己时常常有所不同,这是因为我看到自己时确也常常有所不同。所有这一切不同都是从某个角度和由某种方式而来的。怕羞,傲慢;纯洁,放纵;健谈,沉默;勤劳,文弱;机智,愚钝;忧愁,乐观;虚伪,真诚;博学,无知;慷慨,吝啬;挥霍……这一切,我在自己身上都看到一点,这要根据我朝哪个角度旋转。任何人仔细探索自己,看到自己身上,甚至自己对事物的判断上,都有这个变幻不定、互不一致的地方。我也说不出自己身上哪一点是纯正的,完整的,坚定的,我对自己也无法自圆其说。我的逻辑中的普遍信条是各不相同。

我一直主张把好事说成是好事,还把可以成为好事的事也往好里去说,然而人的处境非常奇怪,如果好事并不仅仅是以意图为准的话,我们经常还是受罪恶的推动而在做好事。因此,不能从一件英勇行为而作出那人是勇士的结论。真正的勇士在任何场合都可以有英勇行为。如果这是一种英勇的美德,而不是一种英勇的表现,这种美德会使一个人在任何时机表现出同样的决心,不论是独自一人还是与人共处,不论在私宅还是在战场;因为,无论如何,不存在什么一种勇敢表现在大街上,另一种勇敢表现在军营中。他应该具有同样的胆量,在床上忍受病痛,在战场上忍受伤痛。在家中或在冲锋陷阵中同样视死如归。我们不会看到同一个人，在攻城时勇冠三军，在输掉一场官司或失去一个孩子时却像女子似的痛苦不堪。

一个人在耻辱中表现怯懦，而在贫困中坚定不移；在理发匠的剃刀下吓破了胆，而在敌人的刀剑前威武不屈，可敬可贺的是这种行为，而不是那个人。

我们的行为是零星的行动组成的，"他们漠视欢乐，却怕受苦难；他们不慕荣华，却耻于身败名裂。"（西塞罗）我们追求一种虚情矫饰的荣誉。为美德而美德才能维持下去；如果我们有时戴上美德的面具去做其他的事，马上会暴露出真面目。美德一旦渗透灵魂，便与灵魂密不可分，若失去美德必然伤害到灵魂。所以，要判断一个人，必须长期地、好奇地追寻他的踪迹；如果坚定不移不是建立在自身的基础上，"对于那个已经审察和选择了自己道路的人"（西塞罗），如果环境的不同引起他的步子变化（我的意思是道路，因为步子可以轻快或滞重），那就由着他去跑吧；这么一个人，就像我们的塔尔博特说的箴言：只会随风飘荡。

一位古人说，我们的出生完全是偶然的，那么偶然对我们产生那么大的影响，也就不足为奇了。一个人不对自己的一生确定一个大致的目标，就不可能有条有理地安排自己的个别行动。一个人在头脑里没有一个总体形状，就不能把散片拼凑一起。对一个不知道要画什么的人，给他看颜色又有什么用呢？没有人可以对自己的一生绘出蓝图，就让我们确定分阶段的目标。弓箭手首先必须知道目标在哪里，然后搭弓引箭，调整动作。我们的忠告所以落空，是因为没有做到有的放矢。没有船驶往的港口，有风也是徒然。我不同意人们对索福克勒斯的看法，认为读了他的一部悲剧，可以驳斥他的儿子对他的指控，索福克勒斯完全是有能力处理家务的①。

如果我们长在，保持一成不变，我们怎么此一时享受一件事，彼一时享受另一件事呢？我们怎么去爱或去恨、去赞美或去指责截然不同的事呢？我们怎么对同样的思想不再保持同样的看法，而产生不同的热情呢？我们自身不改变是不可能有其他的印象的；人接受改变，就不能保持一致；人不一致，原来的人就不存在。于是，这样一种存在，转化成另一种存在，改变的也仅是存在而已。因此，由于不知道什么是存在，就把表面错认为是存在，感觉在本质上是会失误和说谎的。

那么什么是真正存在的呢？永久的东西，也就是说没有开始，没有结束，时间也不给它带来任何变化的东西。因为时间是流动的，仿佛出现在阴影中，带着永远流动飘浮的物质，从不停滞也不长留；属于时间的只有这些词："以前"，"以后"，"从前是"或"以后是"。这些词一眼看出这不是存在的东西；对于还没有存在或者已经停止存在的东西，要说它是存在的，那是极大的愚蠢和明显的虚伪。

---

① 据西塞罗的记载，索福克勒斯受到儿子的指控，说他已经丧失理智。索福克勒斯要求法官阅读他的最后一部悲剧《科洛诺的俄狄甫斯》，表示思路清晰为自己申辩。

论矛盾与经验

没有一种欲望比求知的欲望更自然。我们尝试一切可以达到求知的方法。当理智够不上时，我们就使用经验，

> 不同的实验积累经验，产生知识，
> 范例指引道路。

——马尼利乌斯

经验是一种较弱、较不受重视的方法；但是真理是这么一件大事，我们不应轻视任何指引我们通往真理的媒介。理智的形式五花八门，使我们不知道怎样取舍，经验的形式也不见得更少。看到事物的相似就从中得出结论是不可靠的，尤其因为事物总是不相似的。事物的面目中若说有什么普遍性的话，那就是它们各有差异，互不相同。

近来，我像经常一样在胡思乱想，人的理智到底是怎么一个

自由与模糊的工具。我平时看到人对于别人向他们提出的事，更有兴趣要问的是什么道理，而不是有没有这回事。他们抛下事情真相，却琢磨着探讨原因。难怪谈锋那么健！

对原因的认识只属于掌握万物运转的上帝，不属于我们；我们只是去遭遇这些事情，根据天性去充分享受它们，而深入不到它们的根源与本质。酒也是这样，对于了解其主要品质的人并不更可口好喝。相反地，身体和心灵若自以为是，会中止和搅乱它们享用世界的权利。决定、知情和给予都属于命运的安排与主宰，享用与接受则属于听命于命运使唤的人。

再回头来谈我们相沿成习的做法。他们忽视事实，却好奇地观察后果。他们一般都是这样说的："这怎么一回事？"——应该说："是这么一回事吗？"我们的推理会凭空想象出一百个世界，找出其中的原理与结构。它不需要事实也不需要基础，神游天地，虚虚实实似有似无地创造万物。

由于我们自身的弱点，东西为我们所用时已不可能还处于朴素纯洁的自然状态。我们享用的元素都起了变化，金属也是；还有金子，应该掺入一些其他物质才适合我们使用。

同样，阿里斯顿、皮浪和斯多葛派奉为生活目标的质朴美德，不经过重新组合不能够为人所用。昔兰尼派与亚里斯提卜主张的享乐也是如此。

我们享有的乐趣与好事，无不掺入痛苦与艰难。

> 快乐的源泉中会喷出苦涩之水，
> 即使在花丛中也令人窒息。

—— 卢克莱修

我们极度快乐时会发出呻吟与哀叹的声音。你会不会说快乐会因焦虑而消失吗？即使我们在描述纯然的快乐形象时，也会用上一些病态的、痛苦的形容词来修饰：如颓丧、萎靡、软弱、衰退、懒洋洋，这充分证明它们之间的血缘关系与同质性。

　　内心的欢乐严肃多于快活；极度的满足平静多于开心。"喜事若不加节制，会破坏喜事。"（塞涅卡）快乐会折磨我们。

　　希腊一句古诗表达同样的意思："神赐给我们的一切好事都是卖给我们的。"这就是说神不会给我们纯一完美的快乐，我们都要以痛苦作为代价去买的。

　　劳苦与欢乐，在本质上是极不相同的，我不知道在哪个天然关节上两者又链接了起来。

　　苏格拉底说，不知哪位神试图把痛苦与欢乐揉成一团，但是又做不成，无奈之下设法在结尾处把两者串连一起。

　　梅特罗道吕斯说悲哀中掺杂欢乐。我不知道他还指别的什么；但是我很能想象人在郁郁寡欢时自有一种意欲、许诺和愉悦；我要说的是超越会掺杂其中的野心。忧郁摆脱不开时，还是有一抹甜丝丝的柔情向我们微笑，向我们献媚。有的性格不就是以忧郁为营养的么？

　　　　眼泪中有一种愉悦之情。

　　　　　　　　　　　　　　　　——奥维德

　　伸张正义的法律不包含若干不正义的成分就不能存在。柏拉图说，谁声称要剔除法律中的一切不合理不适当的东西，无异是在砍七头蛇妖许德拉的头。塔西佗说："一切惩罚都对个人包含某种不公正，但公众由此得益则是对此事的补偿。"

同样，在世事处理与公众交往中，我们的思想会显出过分的纯洁与聪敏。凡事洞察秋毫也只是太多心与太好奇。应该使思想迟钝舒泰，更适应世俗规则，懵懂糊涂更匹配混浊人生。不慌不忙的平常心其实更善于、更适宜处理各种事务。崇高卓越的哲学思维遇到实际问题一筹莫展。心计敏锐，多疑善变，使商量难以进行。人世间大事的安排不妨粗枝大叶，让其中一部分由天命去决定其结果。没有必要把事情都解释得那么透彻细致。由于世象万千，那么多的角度与形式都各不相同，人人都会无从入手："由于把矛盾因素在脑海中前思后想，他们这些人都变成了傻瓜。"（李维）

古人对希腊诗人西摩尼德斯就是这样说的：（希伦一世国王问他上帝是什么，为了作出满意的答复他要求几天时间进行思考）因为他愈想愈远，提出好几个玄妙深奥的说法，又不知道哪个最接近可能，为提不出真相而绝望。

谁把所有情况与后果考虑得头头是道，谁就做不出选择。智力中等的人完全有能力去平稳处理各项大小事务。且看那些优秀的行政官是不会向我们说出他们是如何如何的人，而那些能说会道的人往往做不出什么实事。我认识一个人口若悬河，说起不论哪种理财本领都头头是道，却可怜巴巴地让一笔十万年金从指缝间滑过。我还认识一个人，出谋划策比哪个谋士都高明，世上简直没有更加博学的英才了。然而做起事来，他的手下人都觉得完全变了一个人。我的意思是说从不把坏运气计算在内。

你是不是要一个身心健康的人？你要他行为规律，做事踏实？那就让他不懂事，游手好闲和蒙昧无知。人笨了才会变得聪敏；眼睛瞎了才会让人引路。

　　如果有人对我说凡事有利必有弊，对痛苦和坏事感觉迟钝的人，对欢乐和好事也不会享受很充分，真是这么一回事；但是人类的悲哀是可以高兴的事远远没有应该逃避的事多，极度的快乐也不及轻微的痛苦感觉深。"人对欢乐不及对痛苦那么敏感。"（李维）我们体会全身健康不像体会一点病痛那么强烈。

论目标与追求

　　正如我们看到一些闲地要是肥沃富饶,就会长满千百种无益的野草;若要加以利用就必须翻地播种,才能对我们有用。正如我们看到妇女独自就会生育一堆不成形的葡萄胎,若要培育新一代优秀人才,必须接受外来的播种。思想也是如此。如果不让思想集中在某一事物上,不加指引,无所约束,就会漫无目的地迷失在幻象的旷野中。

　　灵魂没有既定的目标,就会迷失方向;因为犹如大家所说的,到处都在也即是到处不在。

　　心灵在激动和摇摆时也是如此,若没有依托,也会迷失方向;应该给心灵提供目标,让它聚精会神,决不旁骛。普鲁塔克说到那些拿猿猴、小狗当宠物的人,因为他们的爱心得不到正常的发泄,与其让它枯萎,还不如寄托在庸俗无聊的东西上。我们看到当心灵内热情冲动时用在一件虚假臆想的东西上——即使连自己也不敢相信——也胜过毫无对象的好。

　　当不幸降临到我们身上,什么原因我们编不出来?当我们需要发泄时,不管有理无理什么东西不能责怪?当一颗不幸的流弹击毙了你心爱的兄弟,你不用拉扯你金黄的头发,狠命捶打你白皙的胸脯,因为有罪的不是它们,该怪的是别的。李维谈到罗马军队在西班牙失去两位亲兄弟大将军时说:"所有的人都痛哭流涕,猛捶脑袋。"这是习俗。哲学家皮翁说到那位国王因悲伤而揪头发,不是风趣地问:"那人认为秃头可以减轻悲伤了么?"谁没见过有人赌输了钱要报复,把纸牌嚼碎咽下肚里,把一组骰子吞了下去。泽尔士一世鞭打赫勒斯旁海峡,用镣铐锁住,对它百般辱骂,并向阿托斯山下挑战书。居鲁士渡金努斯河心惊胆战,把全军将士折腾了好几天,来向这条河流报仇。卡里古拉皇帝把一幢非常漂亮的房屋毁了,因为他的母亲高兴他这么做。

　　让我们对别人或自己猎取的知识感到满足,这只是个人的弱点使然;更有能耐的人是不会满足的。对于后来者总有空白要填补,是的,就是对于我们自己也可另辟蹊径。我们的追求是没有止境的,我们的目的完成于另一个世界。当一个人满足时,这是智力衰退的表现,颓废的标志。心胸宽阔的人从不停顿,他总是有所求,奋力勇往直前,有了成就再接再厉;他若不前进、不紧迫、不后退、不冲撞,他会半死不活的。他的追求没有期限也没有固定形式;他的养料是赞赏、追逐与朦胧向往。阿波罗就是持这样的主张,他对我们说的神谕总是一语双关、模糊不清、转弯抹角,使我们得不到要领,但是很感兴趣,忙个不停。这是一种不规则行动,永远不停歇,没有先例,没有目标。有所发现会相互鼓动,接连不断,层出不穷。

一个人权衡他的所失与所得,不知道美德的温馨与作用,当然是不配认识这种欢乐的。有人劝导我们说美德的追求艰辛曲折,美德的享受则是愉快的,这岂不是在对我们说它不会令人快乐吗?因为哪个人曾有法子获得过它呢?最成功的人也只是做到向往它,接近它,而没有获得过它。

但是那些人错了,要知道追求我们所认识的任何乐趣,这本身就是乐趣;行动包含的乐趣,存在于我们眼前的美好目标,因为这是与大部分激情共生共灭的。在美德中闪闪发光的愉悦福乐,自有千百条渠道小路,引导你进入第一条入口,直至最后一道墙。那时美德的主要好处是对死亡的蔑视,这样使人的一生过得恬然安逸,让我们专注于愉悦的享受,不如此其他一切享乐都会黯然无光。

论感觉

我们无知的主要基础和证明都包含在感觉中。一切的认识无疑都要通过认识的官能。因为，既然一切判断都来自判断的人的操作，有理由认为他通过他的手段和意志，而不是在他人的强迫下进行这方面的操作，就像我们受到事物本质的力量和依照它的规律而得到认识一样。因而一切认识都是通过我们内心的感觉而完成的：感觉是我们的主人。

信念通过这条路，
直接进入人的心田和精神殿堂。

——卢克莱修

学问肇始于感觉，归结于感觉。我们若不知道有声音、气味、光线、味道、尺寸、重量、柔软、坚硬、粗细、颜色、光洁度、宽度、深度，我们还不是与石头无异。这些才是我们学问建立的基石和原则。不错，有的人说学问不外乎是感知。谁要是逼迫我否认各种感觉的存在，他可以掐住我的咽喉，但是不会使我后退。感觉是人的认识的开始与结束：

你看到从感觉产生真实的观念，

感觉是不能否定的！

除了感觉以外，

还有什么更值得相信呢？

——卢克莱修

对感觉的作用可以尽量缩小，但是这点是不可回避的：我们的一切知识都是通过感觉的道路和媒介而输入的。西塞罗说，克里西波斯试图贬低感觉的力量和功用以后，感到自己提出的论点自相矛盾，遇到的驳斥那么激烈，竟无法对付。卡涅阿德斯持相反的观点，自夸用克里西波斯的武器和论点打垮了克里西波斯，冲着他大声喊叫："可怜虫啊，你被自己的力量压倒了吧！"据我们看来，最荒谬的莫过于认为火是不热的，光线是不亮的，铁没有重量，也没有硬度。这些都是感觉带给我们的，人的信仰或知识不能像感觉那样使我们确信无疑。

没有一颗心那么萎靡，听了战鼓号角不会振奋；没有一颗心那么冷酷，听了甜美的乐声无动于衷；没有一颗灵魂那么麻木，看到教堂雄浑宽阔，布置金碧辉煌，听到管风琴低沉的乐声，唱诗班虔诚端庄的歌声，会不感到肃然起敬的。即使当初怀着轻蔑之情进去的人，也会在心里感到震颤和惊恐，不由得怀疑自己的看法。

至于我,听到有人一展美妙年轻的歌喉,悦耳地唱出贺拉斯和卡图鲁斯的诗歌,也会百感交集。

　　芝诺说得对,声音是美的花朵。有一位法国家喻户晓的人物,给我朗诵他写的诗时,要我知道诗歌写在纸上跟听在耳里不同,我的眼睛会跟耳朵作出相反的评论;作品受到声音的控制,其价值与形式会起巨大的变化。我听了也觉得是这么回事。菲洛克塞努斯对这件事的反应也挺有意思,他听到一个人把他的作品唱得不堪入耳,一生气跳上他的房顶,把瓦片踩碎,对他说:"你糟蹋我的东西,我也糟蹋你的东西。"

　　感觉欺骗我们的理解力,感觉自己也受到欺骗。我们的心灵有时会报复;它们尔虞我诈,相互欺骗。我们在怒火中看到和听到的东西,跟实际的不一样。

　　我们爱的东西看起来要比实际美,我们讨厌的人会比实际丑。在断肠人的眼里,阳光也显得昏黄幽暗。内心的情欲使我们的感觉不但变钝,还会变笨。有多少东西历历在眼前,但是当我们另有所思时就消失不见?

心灵好像有意隐身匿迹，在嘲弄感觉有多大能力。因而从内心与外感来说，人充满弱点和谎言。

论讨论与探索

　　人的想法是从古代的信仰中衍生的,像宗教和法律那样具有权威性和信用度才被大家接受。广泛流传的东西会像俗语那样得到接受;这条真理连同它的全套论据和证明也会得到接受,像一个坚实牢固的整体,不再有人会去动摇,会去评判。相反地,人人争着尽一切理智的力量——理智是一个得心应手、灵活自在的工具——给这个已为大家接受的信仰涂脂抹粉。这样世界上傻话谎言满天飞。

　　对事物不表怀疑,是因为对老生常谈的观念从不检验;大家不在根子上寻找哪里有错误和缺点,而只在枝节上争论不休;大家不问这是不是真的,而只问这是不是这样听到的。大家不问盖伦说了什么有价值的话,而只问他是不是这样说的。

　　在公认的基础上去建立自己要建立的东西,那是很轻松的。因为沿着开创的原则和规律,其余部分的建设是不难的,也不会自相矛盾。沿着这条路我们觉得自己的道理有根有据,说起话来也信心十足;因为我们的先哲已经事前为我们的信条费心占领了必要的地盘,随后可以任意作出结论,犹如几何学家的还原论证。

我们肯定和同意这些信条，这些信条支配我们往左还是往右，任意摆弄。谁的前提得到我们的信任，他就是我们的老师和上帝；他规划的基础那么深厚宽阔，他若愿意可以把我们捧入九霄云天。在实践和商讨这门学问时，我们不妨把毕达哥拉斯的话看作是可以相信的；每一位学者只有在谈自己的专业时才是可以信赖的。辩证学家在谈文字的意义时要请教语言学家，修辞学家要向辩证学家借用论证的方法；诗人向音乐家学习节拍；几何学家向算术家讨教比例；形而上学家把物理的推测作为基础。因为每一门学科都有预设的原则，在这些原则上人的判断处处受到限制。如果你撞上了存在原则错误的这条栏杆上，他们嘴里早已准备好这么一句话：跟否认原则的人没法讨论。

　　提奥弗拉斯特说，人的智慧是由感觉支配的，对事物的原因可以有一定程度的认识，但是要探究事物深远的本质，人的智慧必须适可而止，不然会由于自身的缺点或事物的难度而愚不可及。说我们的智慧能够认识某些事物，有一定的威力，超过这个程度会显得自不量力，这已是一种温和持中的看法了。

　　这种看法很容易得到随和的人的欣赏和采纳。但是要限制我们的思想则没有作用，我们的思想充满好奇，贪多务得，没有理由不认为走得了五十步，也就走得了一千步。从经验上得知，一个人干不了的事，以后的人会干成；这一个世纪不知道的事，下一个世纪就会明白；学问和艺术不是投入模子铸造的，而是屡次三番琢磨切磋慢慢形成的，像小熊的相貌是由它的熊妈妈从容不迫舔出来的。我没有能力发现的东西，还是要探索和试验，对新事物推敲斟酌，条分缕析，为后来者提供了方便，使他们驾轻就熟更好掌握。

伊梅特山出产的蜡在阳光下软化，

用拇指一捏变成不同形状，

愈揉愈有弹性。

——奥维德

后者就是这样受惠于前者，这说明为什么困难不会叫我绝望，我的无能也不会令我沮丧，因为这只是我个人的无能。人能够做一件事，也就能做其他事。人若如提奥弗拉斯特说的，承认自己对事物深远的本质是无知的，那就会让他痛快地把其他一切学问也都抛弃；如果缺少了基础，他的推理就无所依据；任何讨论和探索的唯一目的是了解本质；如果他的思想不是确定去追求这个目的，就会彷徨失去方向。"对任何事物来说，理解就是理解，无所谓一件事物比另一件事物更易理解或更难理解。"（西塞罗）

论财富

柏拉图对于人的有形财产是这样排列的：健康、美丽、力量与财富。据他说，财富不是盲目的，当它受谨慎的指引时，是非常明智的。

指望财富给我们足够的武装去对付财富，那是痴心妄想。要用我们自己的武装去抗击它。意外事件到时候总会来出卖我们。我现在还存钱，这只是为了近期使用，不是要买对我无用的土地，要买乐趣。"不贪求就是财富；不滥花就是收入。"（西塞罗）

富裕与贫困取决于各人的理念，财富、光荣与健康，只是占有者认为有多美好、多快乐，就是多美好、多快乐。各人好与不好也全凭自己的感觉。不是人家认为他快乐,而是他自己认为快乐才是快乐。在这方面,信念才是本质与真理的依据。

财富对我们既不好也不坏,它给我们的只是物质与种子,我的心灵要强过财富,可以按心灵的要求改变和利用财富,这才是我们处境快乐与不快乐的唯一原因与主导。

外部的附加物有了内部的结构才产生了气味与颜色,犹如衣服可以暖身,用的热量不是来自衣服,而是我们自己,衣服用于保暖和储热而已。衣服若盖在一件冷的物体上,对冷也起同样的作用;冰雪就是这样储藏的。

同样道理,读书对于懒汉,戒酒对于酒鬼,都是一桩苦事。节俭对于挥霍的人是酷刑,锻炼对于虚弱好闲的人是体罚,其他事也一样。事物本身不是那么痛苦,那么困难;但是我们的软弱与怯懦使事物看来如此。要评判事物伟大高尚,必须有一个同样的心灵,否则我们把它们看成是卑微的,这卑微来自我们自身。一支直的船桨在水里好像是弯的。重要的不是看事物,而是如何看事物。

论祈祷

在色诺芬的著作中好像有这么一段话，他指出我们应该少向上帝祈祷，因为要祈祷就要聚精会神，满腔诚意，让心灵经常进入这种状态很不容易；不然我们的祈祷不但无用还有害。我们说："原谅我们吧，就像我们原谅那些冒犯我们的人。"不能向神献出一颗不记仇恨不抱怨的心时，这样说又有什么意思呢？我们还不就是在呼唤上帝帮助我们密谋做坏事，加入不义行动。

这些事你只能当面对神讲。

——柏修斯

守财奴为了徒然保存他那多余的财富祈祷上帝；野心家为了胜利与愿望的实现祈祷上帝；盗贼利用上帝帮助他克服实施罪恶勾当时遇到的险阻与困难，或者对自己轻而易举割断了过路人的脖子表示谢恩。他们站在他们即将越过或炸掉的房子墙角里，做他们的祈祷，用心和期望都是充满残酷、邪念和贪婪。

事情好似是我们使用祈祷就像在使用一句口头禅,像那些人用圣言圣语来施展巫术魔法。我们依靠字句结构、声音、词的排列或是我们的表面态度,来制造效果。因为心中充满贪欲,毫无悔改之意,也不思归顺上帝,我们呈献的只是凭记忆而还留在嘴上的话,希望以此来补赎我们的罪过。

　　神的旨意比什么都容易做到,充满温情,与人为善;神召唤我们,虽则我们屡屡犯错,可憎可鄙;向我们伸出手臂,拥抱在怀里,不管我们现在或者将来会如何卑微、无赖、名声扫地。而我们必须好好珍惜作为回报。还必须怀着感恩的心情接受宽恕。至少在我们向神走去的那一刻,心中要对自己的错误感到疚恨,把唆使我们去冒犯上帝的邪念视作仇敌;柏拉图说:"神与好人都不会接受恶人的礼物。"

论爱情

　　虽然对女人的感情也出自我们的选择，但没法与血缘亲情相比，也不属于同一类。我承认情欲的火焰更旺、更炽烈、更灼人。

> 女神也了解我们，
> 在关怀中包含温情的痛楚。
>
> ——卡图鲁斯

　　但是这种火焰来得急去得快，波动无常，蹿得忽高忽低，只存在于我们心房的一隅。友爱中的热情是普遍全面的，时时都表现得节制均匀，这是一种稳定持久的热情，温和舒适，决不会让人难堪与伤心。在爱情中还有一件事，就是我们得不到时反而有一种疯狂的欲望。

　　爱情进入友爱结束阶段，就是说不再意志投合，爱情会消退，会厌倦。肉欲的目的是容易满足的，爱情也会因它享受到了而失去。友爱却相反，期望得到它，则会享受它，因为这种享受是精神上的，友爱在享受中提高、充实、升华，心灵也随之净化。

品行低下的人有了迷恋，他追逐的手段会是财富、礼物、封官许愿以及其他卑劣的交易，这是柏拉图派所唾弃的。心灵高尚的人有了迷恋，采用的手段也会是高尚的：哲学教育，学习尊重宗教，服从法律，为国捐躯，宣扬英勇、谨慎与正义的范例。爱的人用心修饰自己的灵魂，使之美丽高雅，能被对方接受，身体已渐渐失去风采，盼望以精神交流建立一个更为密切长久的联络。

机缘是首要的有利因素！谁问我爱情中的第一要点，我的回答是知道掌握时机；第二要点也是，第三要点还是。做到这点就能做到一切。我经常缺乏运气，但有时也缺乏进取心，上帝让还能自嘲的人免受伤害呢！当今世界在这件事上必须更大胆，我们的年轻人可以热情作为借口而加以原谅。但是若进一步观察，他们会发现大胆更可以说是来源于轻蔑。我谨慎小心只怕冒犯人家，乐意对我的所爱表示尊重。还不说在这类交往中，谁缺乏尊重，也就使爱有所减色。

编后记

作为法国文艺复兴时期最具影响力的作家之一,蒙田以其独到而深邃的思想声名远播,具有深刻的价值与悠久的影响力。其关于生活、生命、人性、智慧等的观察与思考,温暖、启蒙、引领和影响了一代又一代的人,直至今天。

本书依据《蒙田随笔全集》(Les Essais de Michel de Momtaigne)精心选编了他的作品语段,按主题进行了新的归类、整理,力求言简意赅,以最短的篇幅呈现最凝练的内容。

本书是"名家论人生"系列中的一本。"名家论人生"旨在吸取世界长河中的历史文化名人的智慧来滋养我们的心灵,这种滋养既是对过于实利的现今社会的解毒,又是追寻自然生活、探索和丰富精神世界的支撑。

人是需要一点精神的。让我们从我们自己的源头寻觅。

编者

图书在版编目(CIP)数据

蒙田论人生/(法)蒙田(Montaigne, M. D)著；马
振骋译.—上海：上海人民出版社,2011
（名家论人生）
ISBN 978-7-208-09877-0

Ⅰ.①蒙…　Ⅱ.①蒙…　②马…　Ⅲ.①随笔-作品集
-法国-中世纪　Ⅳ.①I565.63

中国版本图书馆 CIP 数据核字(2011)第 039818 号

世纪文霸　出品
Century Literature

出品人　邵　敏
责任编辑　张　莉
助理编辑　蔡艳菲　余　虹
封面装帧　范乐春

蒙田论人生

(法)蒙　田　著

马振骋　译

世纪出版集团
上海人民出版社出版
(200001　上海福建中路 193 号　www.ewen.cc)
世纪出版集团发行中心发行
上海商务联西印刷有限公司印刷
开本 890×1240　1/32　印张 7　插页 2　字数 124,000
2011 年 4 月第 1 版　2011 年 4 月第 1 次印刷
ISBN 978-7-208-09877-0/B·864